Mundo Numérico

Mundo Numérico

GABRIELA HAMMES VARELA

PandorgA
2016

Direção Editorial
Silvia Vasconcelos
Produção editorial
Equipe Editora Pandorga
Preparação de texto
Fabricia Carpinelli
Revisão
Livia First
Alline Salles (AS Edições)
Projeto gráfico e diagramação
Fernanda Satie Ohosaku
Composição de capa
Renato Klisman

Texto de acordo com as normas do Novo Acordo Ortográfico da Língua Portuguesa
(Decreto Legislativo nº 54, de 1995)

Dados Internacionais de Catalogação na Publicação (CIP)
Ficha elaborada por: Tereza Cristina Barros - CRB-8/7410

Varela, Gabriela Hammes.
Mundo numérico / Gabriela Hammes Varela. --
1.ed. -- São Paulo : PandorgA, 2016.
160 p. ; 16 x 23 cm.

ISBN 978-85-8442- 128-2

1. Romance brasileiro I. Título

26.01/003-2016 CDD- 869.93

2016
IMPRESSO NO BRASIL
PRINTED IN BRAZIL
DIREITOS CEDIDOS PARA ESTA EDIÇÃO À
EDITORA PANDORGA
AVENIDA SÃO CAMILO, 899
CEP 06709-150 – GRANJA VIANA – COTIA – SP
TEL. (11) 4612-6404

WWW.EDITORAPANDORGA.COM.BR

PRÓLOGO

Acordei de um sonho muito distante. Quem quer que eu fosse, havia sido muito feliz. Minha vida girava em torno de uma família amorosa e unida, na qual sempre pude buscar conforto e felicidade. Estava em harmonia, vivendo minhas lembranças em paz, até que acordei.

Capítulo I

Tossi, cuspi e, arfando, fiquei em pé. Estava molhada no meio de uma floresta ao lado de um rio. Não sabia onde estava, não sabia o motivo. Minha última lembrança era de estar meditando na casa da minha prima. Em um primeiro momento, tentei me convencer de que aquilo era parte da meditação e que, de alguma forma, eu estava vivendo em outro lugar ao mesmo tempo.

Olhei para o rio e um corpo passou boiando. Fiquei assustada, mas corri para ajudar. Foi então que encontrei um menino da minha idade, roxo. Ele estava morto. Fiquei perplexa ao observar seu rosto inchado. Seus cabelos eram castanho-claros, o rosto era triangular e o nariz, pontudo. Busquei lembranças dele em toda a parte, mas eu não o conhecia. Sequer sabia o que estava acontecendo.

Procurei em seus bolsos algo que pudesse me ajudar a identificá-lo. Encontrei um pequeno papel com o número cinco escrito, guardei-o no bolso e continuei a vasculhá-lo. Foi quando vi que ele usava um colar com o número seis. Perdi o ar e então me veio uma lembrança vaga, tão vaga que não passava de um pressentimento. Coloquei a mão dentro da minha camisa e encontrei um colar com o número quatro.

— Encontrar o número cinco.

Peguei a corrente do cadáver e a guardei junto do papel.

***

Devia ser meio-dia, eu não conseguia enxergar o céu, pois a mata era muito densa, e agradeci por estar com roupas apropriadas, apesar de não saber como elas foram parar em mim. Usava uma bota que ia até o joelho, uma calça jeans verde, que era grossa, e uma regata branca com um casaco de couro marrom. Meus cabelos estavam presos em um rabo de cavalo.

Segui pela floresta em silêncio. Ouvia vários barulhos bastante curiosos, parecia que os insetos falavam. Tomei um susto quando um grupo de macacos passou berrando à minha frente, pareciam assustados e sequer notaram minha presença. Foi então que ouvi baques surdos de um ser correndo e muitas árvores caíram.

Era enorme, lógico. Tinha presas do tamanho do meu braço e derrubava todas as árvores por onde passava. Suas orelhas eram de coelho, o rosto, de tigre, e o corpo era parecido com um lobo desnutrido. Seu rabo era igual ao de um castor. Não sei como tal criatura podia existir, a imaginação era seu lugar, nem mesmo a genética era tão poderosa a esse ponto.

Corri na mesma direção dos macacos, para a direita. De alguma forma, a adrenalina me fez veloz e consegui atravessar todos os obstáculos. O pânico tomava conta e o estrondo das árvores se quebrando não ajudava em nada. Foi então que entendi por que os macacos corriam naquele sentido.

O chão desapareceu e eu caí na areia movediça. A criatura parou a tempo e rugiu para mim, mostrando fileiras de dentes de tubarão. Temi que ele também tivesse língua de sapo ou algo parecido, mas simplesmente se virou e partiu.

Foi um alívio ver a fera partir, e foi um terror sentir minhas pernas afundarem no chão. Tinha uma árvore a um metro e meio de distância, mas temi me mover, sabendo que poderia acelerar o processo de imersão. Meu joelho já tinha sido engolido e pensei que não havia motivos para não tentar, morreria cedo ou tarde. Pois saibam que foi um desastre e afundei até abaixo do umbigo. Dei uma risada nervosa pensando na ironia da vida: o número seis já estava morto, agora era minha vez.

Oh, Deus, que essa morte não seja tão ruim!, pensei. Então, uma corda caiu diante de mim e a segurei sem nem mesmo olhar quem a tinha jogado. *Ajuda* é ajuda. Com muita dificuldade, a pessoa conseguiu me tirar de lá e, quando encostei em terra firme, colocaram uma faca no meu pescoço.

— Identifique-se! — disse a menina de cabelos dourados e olhos azuis. Foi tudo que pude ver antes de ser abordada. — Identifique-se agora!

— Número quatro! Eu sou a número quatro — respondi, sendo pressionada contra uma árvore. Ela me revistou de cima a baixo e depois olhou minha corrente.

— Como conseguiu sobreviver desarmada?

— Na realidade, eu estava prestes a morrer... Além de ter acordado quase afogada.

— Ah, você é da água. Eu sou do ar — falou ela, conversando de forma casual. — Não havia mais ninguém com você?

— Sim, o número seis, mas ele morreu afogado.

— Isso é bastante comum — ela guardou a faca e fez sinal para segui-la. — Eu sou a número dois. Tenho um abrigo seguro para esta noite, mas amanhã cedo partiremos para a base principal.

— E o que está acontecendo? — perguntei confusa, tentando não beirar o desespero. — Onde estamos? Por quê?

— Epa! — Ela parou e me analisou. — Uma pergunta de cada vez e, mesmo assim, não lhe garanto ter a resposta.

— Por que tentou me matar assim que me salvou?

— Não é óbvio? Você podia ser tanto um número par quanto ímpar! Apesar de eu não ver um número ímpar há muito tempo...

— Não entendo! Qual o problema dos ímpares?

— Ah! — ela arfou com raiva. — Eles sequestraram o zero! Isso é contra o equilíbrio, não podemos diferenciar os positivos dos negativos desta maneira!

— E?

— Meu Deus, você só pode ser burra! Não sabe raciocinar? Nossos irmãos podem ser manipulados assim.

Eu me assustei com sua grosseria, mas já estava muito intimidada com tudo para me queixar.

— Não compreendo! Onde estamos?

— Na floresta $\sqrt{14}$!

— E qual é o nome deste planeta? — Minha garganta estava se fechando de desespero.

— É $-\sqrt{\pi}/2$ — respondeu ela, me olhando confusa. — Por que pergunta isso? Parece um número primo fazendo perguntas tão bobas.

— Eu estou vivendo um pesadelo! — Escorei-me na árvore mais próxima. — Estou arruinada... Perdida!

— Não está perdida! Nossa localização é $\sqrt{14{,}27}$. Eu sei onde estamos. Você está pálida...

***

Acordei sentindo frio. Estava deitada no chão duro em uma sala circular. Levei algum tempo para perceber que estávamos embaixo de uma árvore. A número dois aquecia algo em uma pequena panela no centro do círculo. Sentei-me.

— Você é um número primo — observei.

Ela me olhou e trouxe a panela com sopa quente para mim. Encostamo-nos na parede de terra e nas raízes para conversar.

— Sim, sou um número primo, por isso vivo tão confusa, mas nem todos são assim. Antes do sequestro do zero, era amiga do número sete. Ele era muito compenetrado, nem sei se ainda está vivo... — Suas palavras pesavam.

— Claro... — Bebi um gole da sopa e queimei a língua. — Como vim parar neste mundo? Como faço para voltar?

Ela riu.

— Se eu soubesse como voltar, não estaria aqui há muito tempo. E você está aqui porque foi necessária.

— Mas por que estou aqui? — insisti.

— Não sei! De qualquer forma, o número quatro nunca foi muito bom em lutas, você devia ser o oito.

— Desculpe-me se nunca fui multiplicada com você — reclamei ironicamente, e ela suspirou como uma sonhadora.

— Seria um sonho encontrar uma multiplicação, mas nunca tive essa sorte. Se eu encontrasse o cinquenta e uma multiplicação... Minha vida estaria resolvida!

— O quê? — questionei confusa.

— Saiba, o número cem é o limite, depois dele vem o próximo mundo e, então, o terceiro mundo, tão sonhado ! Então, poderei voltar para casa e para minha família!

— Então você é como eu! Veio parar aqui de repente. Deveria me entender!

— Perdão, mas eu mal me lembro de onde vim e já perdi a conta de quantos anos faz que estou aqui! Nunca encontrei nenhuma soma ou multiplicação. É muito frustrante. Nem mesmo do meu nome eu me recordo.

— Como pode se esquecer do próprio nome?

— Aqui o importante é seu número. A partir dele vão identificá-la, um nome não significa nada. Nomes existem vários iguais, mas números, não.

— Não existe outra quatro?

— Não, apenas quatro negativo... Lamento, o último número quatro se juntou ao zero... Quero dizer, ele está morto. — Seus olhos se encheram de lágrimas.

Virei o rosto para o outro lado, eu não sabia o que estava acontecendo com ela, não sabia quem era o quatro em sua vida e estava confusa. Por que me tiraram de minha família, o que fiz para merecer aquilo? Onde eu estava? Como fazer para voltar? Eram muitas perguntas e nenhuma resposta.

— Mas como vim para cá?

— Diga-me: como você foi parar no seu antigo planeta?

— Hum... Bom, eu nasci!

— Já me cansei de tantas perguntas, será que posso descansar um pouco?

— Claro, eu já fui muito impertinente.

— Sim, você é realmente petulante. Será que pode ir para a rua vigiar?

Não senti raiva dela, pois estava estampado em seu rosto que tudo que já havia acontecido em sua vida era demais. Não iria julgá-la, não queria julgá-la. E eu... Eu estava lá, longe de tudo que conhecia, longe da existência! Aquilo não podia ser real, não fazia sentido! Por quê? Como? Não pode ser real! Como fui parar em outro planeta? Cadê meu antigo planeta? Minha cabeça estava prestes a explodir.

— Acho que tudo bem — eu me dirigi à entrada, tendo que desviar de supostas estalactites que eram as raízes da árvore, por isso me curvei. A entrada era bastante estreita.

— Pegue o arco e flecha que lhe pertencem. — Ela apontou para o lado da fogueira. — Fique atenta e não erre o alvo. Se houver algum...

Peguei o objeto em sua bolsa ao lado do fogo que se extinguia. Ele era gélido e flexível. Cortei a ponta do dedo e, rapidamente, o coloquei na boca.

— Não sei usar — alertei-a, pegando a arma.

— Foi o que o falecido quatro disse, mas nunca errou a mira... — Ela me olhou brevemente. — Fui muito amiga do antigo quatro. — Notei o peso de sua voz ao falar aquele número, o *meu* número... — E tem algo estranho com essas flechas... Eu não pensei que fosse...

Ela não quis terminar a frase.

— O que é?

— Você deveria ter apenas quatro flechas, que reaparecem, porém tem seis.

— E elas simplesmente reaparecem depois que acabam ou há algum ritual especial?

— Há um ritual bastante especial.

— Qual?

— Não importa, duvido que chegue a usar suas flechas. Será que pode deixar suas perguntas patéticas para depois?

Assustei-me com seu tom de voz e foi quando percebi quanto a número dois possuía arrependimentos.

***

A número dois tinha razão, não tive que usar as flechas. A noite estava calma, não havia nenhum inseto acordado, todos os animais tinham ido dormir. O silêncio me incomodava, não sabia que ele podia ser tão assustador. Tentava não olhar para o escuro ou me lembrar de qualquer filme de terror a que eu já tivesse assistido, os quais comecei a listar mentalmente. Então, fiquei me distraindo com minhas flechas, tudo para não entrar em pânico. Não podia pensar sobre o que estava acontecendo...

Logo, amanheceu, e a número dois se levantou para continuarmos a caminhada. Ela estava com os olhos inchados de tanto chorar e não conversamos em nenhum momento, temia que ela pulasse em cima de mim.

Não demorou muito para a floresta densa se abrir e eu poder vislumbrar um céu impecável. Então olhei para a frente, e um muro gigantesco, que devia ter três metros de altura, surgiu. Em seu portão cinza li a escritura com certa dificuldade, parecia que estava em outra língua, mas logo pude entender. Dizia: Pares.

A número dois se aproximou de um interfone, que estava ao lado do portão, e colocou sua corrente na tela *touch screen*, que a escaneou. Então o portão se abriu com um estrondo.

— Basta colocar o colar?

— Sim, você é cega?

— E se eu roubasse o colar de um ímpar e entrasse em sua base?

— Impossível — ela disse, adentrando àquela fortaleza.

Do lado de dentro, uma meia-lua de pedra impedia qualquer pessoa de passar, três arqueiros miravam em nós através de fendas localizadas em pontos estratégicos.

— Identifiquem-se! — berrou um deles.

— Número dois — falou minha companheira e correu para o centro do meio-círculo, tirando seus dois facões da bainha. Ela deu saltos mortais, piruetas e tudo isso brandindo as armas com precisão e beleza. Fiquei assombrada. Uma porta lateral à direita se abriu e ela entrou tranquilamente.

— Identifique-se! — repetiram para mim.

— Número quatro — respondi com a voz trêmula. Peguei meu arco e posicionei uma flecha. Não sabia o que deveria fazer, mas não

tive que me preocupar muito tempo com isso, logo os três arqueiros atiraram em mim.

Geralmente, eu sairia correndo em círculos ou simplesmente não teria tempo para tanto, mas já que não me acontecia nada que geralmente acontece, então reagi de forma profissional. Lancei minha flecha para atingir a que acertaria meu rosto e, com o arco, bati na que vinha a dez horas, dando uma pirueta de 180° que me permitiu acertar a outra flecha que vinha a três horas.

Assim que tudo aquilo terminou, as flechas se desintegraram e eu pude seguir pelo caminho à direita. Minhas mãos tremiam, não sabia como tinha feito aquilo. No fim do corredor, um menino de dez anos conferiu meu colar. Quase perguntei o motivo de ele não estar na escola.

Encontrei a número dois assim que a porta se abriu e vi a cidade. Ela me apresentou o lugar.

Era tudo muito estranho. O centro comercial era enorme, tudo perfeitamente organizado e supertecnológico. Ninguém morava lá. Então, havia a avenida principal. A partir dela se encontravam as ruas que davam para as casas. Do lado direito, os números pares, e do esquerdo, os ímpares, ou seja, só o lado direito da cidade era habitado.

Pessoas andavam de bicicleta na ciclovia. Outras de patinete, outras de carro, outras de carros voadores, outras de carruagem... Havia de tudo. Se você quisesse, podia usar o metrô também. Mas o mais esquisito eram as casas. Havia tanto cabanas quanto tendas e mansões... Era uma mistura muito assimétrica, mas harmônica.

Passamos por praças, igrejas, monumentos...

A número dois me explicou que não havia correio nem caminhão de lixo. Tudo isso era feito subterraneamente, da mesma forma os fios elétricos. Todo o lixo tinha um fim ecológico e a água sempre era tratada e reutilizada.

— A natureza nos deu tudo que temos, o mínimo que podemos fazer é ser gratos e respeitá-la.

— Ótimo pensamento — falei. — E qual é o motivo de tantas casas diferentes?

— Vem gente de todas as épocas, costumes, religiões... Eles se ajeitam do jeito que se sentem melhor.

— Tem presidente?

— O quê? — ela questionou. — Ah, não! Só os sábios.

— E o comércio?

— Não existe dinheiro. Produzimos e damos para quem precisa o que não usamos, assim recebemos dos outros.

— Então posso entrar naquela sorveteria e comer tudo que eu quiser de graça? — Quis saber, apontando para um quiosque que tinha um sorvete gigante em cima.

— Sim, mas sempre se deve pensar que o outro também pode sentir vontade de comer um sorvete.

— E onde eu vou morar?

— Como você fala e fala o tempo inteiro.

— Só mais uma última pergunta! Vou morrer se não puder fazê-la — dramatizei e ela revirou os olhos.

— Diga antes que eu a deixe sozinha.

— Como é possível que exista tanta gente nesta cidade, se são apenas os pares de dois a cem?

Ela parou e me olhou profundamente nos olhos. Aquela pergunta havia estourado sua curta paciência de 2 GB. Se ela tivesse raio laser nos olhos, eu seria pó. Continuamos andando em silêncio, e acabei concluindo que existiam infinitos números entre os exatos. *Nossa, devo ser muito sortuda por ser exata!*

Entramos à direita em uma rua e então paramos na frente de um bangalô verde. Fiquei chocada. *Como eles sabiam?* Como... Aquela era a casa dos meus sonhos. Gaguejei algo que nem mesmo eu sabia o que era, e a número dois simplesmente foi embora, irritada com a minha existência. Não me incomodei com sua grosseria, estava abobada. Entrei na casa.

A cozinha era enorme, havia quartos para todas as pessoas de que eu gostava com uma decoração específica. Meu quarto era fantástico. Tudo que eu queria, tudo que eu pensava existia. Foi então que parei para refletir que os corredores não faziam sentido, cortavam uns aos outros sem impedir a existência de todos! Era algo irracional, mas não me incomodei com isso. Rapidamente entendi que aquela casa se tratava de mim mesma. Eu podia ter tudo que eu quisesse, bastava pensar. Os quadros mudavam suas imagens, a decoração mudava de cor. Os únicos lugares que eram sempre iguais eram a cozinha, meu quarto, a sala de estar e o hall.

No hall havia um quadro muito curioso, ele era muito simples. Seu fundo era amarelo opaco com duas letras e três números.

— Be — falei. — 9,01.

Logo uma grande cratera me engoliu. Estava vazia, sozinha, abandonada em um lugar desconhecido, ilógico, inexistente... Eu não podia estar lá de verdade, eu devia estar delirando. Se aquilo era real, será que eu era real? Será que eu existia? E se eu fizesse parte da imaginação de alguém? Se tudo aquilo fosse uma história em quadrinhos? Será que eu saberia?

Engoli em seco, não sabia mais o que sentir. Não sabia quem eu era, talvez nunca tenha descoberto. O que é ser? Essa é uma ótima pergunta...

Alguém bateu à porta e eu a abri, pensando que encontraria a número dois, mas em seu lugar estava um senhor de, aproximadamente, sessenta anos. Usava calça jeans e camisa polo azul.

— Bom dia — falei, sorrindo.

— Bom dia — ele respondeu com um sorriso jovial.

— Entre — abri a porta para ele e fiz sinal com a mão. — Quer comer alguma coisa? Beber um café?

— Eu aceitaria um chá.

Sentamo-nos à mesa redonda da cozinha e lhe servi uma fatia de bolo de chocolate e chá de camomila. Ele pediu açúcar, então bebeu um gole de seu chá e aceitou um pedaço do bolo.

— Você é muito acolhedora, mas nem sabe quem eu sou.

— Não sei nem quem *eu* sou, não vou culpá-lo se tudo que tiver a dizer sobre si mesmo for um número — disse triste.

— Um número pode ser muito mais que um nome.

— Um sentimento pode ser tudo — revidei.

— E uma vida...

— Pode ser o universo — completei.

— Eu sou ímpar — ele disse, analisando-me. — E também sou seu conselheiro. Sempre que precisar de mim é só chamar pelo meu número que aparecerei.

— Mas eu não o chamei — disse, arrancando um pedacinho do bolo e o colocando na boca.

— Chamou, sim, não é à toa que estou aqui.

— Pois bem, como conseguiu entrar na base par?

— Nada pode me impedir de vê-la, minha sobrinha. Sempre estarei junto de você para aconselhá-la e ajudá-la, é assim que funciona. Mas você não parece preocupada com o fato de eu ser o inimigo.

— Mas você mesmo disse que é meu conselheiro e que sempre vai me ajudar! Como pode dizer que agora é meu inimigo?

— Não é isso! Refiro-me ao fato de ser ímpar.

— Você vai me matar?

— *Não!*

— Então por que deveria me preocupar se você é ímpar? —

questionei irritada. — Olhe, só quero voltar para casa, para minha família, eles devem estar sentindo minha falta! Ou será que tudo de que eu me lembro nunca existiu?

— Querida, sobre isso eu não sei. Mas vamos voltar para onde estávamos. Acho que deve saber o seu segundo nome.

— Eu só tenho um nome, e não é quatro. Meu nome é... — Um arrepio percorreu todo meu corpo, eu não lembrava meu nome. Precisei de alguns segundos para recordar. — Meu nome é Sophie!

— Sim! — Ele riu nervoso, pareceu preocupado comigo. — Não posso negar que em algum lugar esse é seu nome. Mas aqui você é a número quatro, pertencente ao metal.

— Por quê?

— Pelo simples motivo de que nada nem ninguém existe em apenas um sentido. Você é Sophie, é do elemento água, é Berílio e também é a número quatro... E sabe-se lá quantas outras coisas você pode ser.

— Mas o que significa ser tudo isso? O que é tudo isso?

— Você precisa descobrir por si só.

Arfei raivosa.

— Você também era amigo do antigo quatro?

— O meu número sempre será conselheiro do seu número, mas, quando o antigo quatro morreu, o seu conselheiro se renovou. E aqui estou eu.

— E como essa casa surgiu?

— Você a criou. É uma bela casa e muito diferente. Na minha casa, devo ficar no mínimo dez minutos criando um novo corredor, aqui você mal pensa e já existe. Muito bom, boa mente, funciona rápido. Mas, tenha cuidado, melhor não entrar em salas desconhecidas quando não se sentir bem, nunca se sabe o que você pode estar tramando por debaixo dos panos.

— Não gosto do que você me diz. Como eu poderia armar algo contra mim mesma?

— Quando pessoas não se sentem felizes, não costumam admitir, mas seus sentimentos não mentem. O que ela deseja é claro; por mais que não seja dito, é sentido.

— Está insinuando que posso querer mal a mim mesma por estar triste?

— Não, de forma alguma estou insinuando! Estou afirmando!

— Tudo bem... Você tem razão. Só mais uma pergunta. O que vou fazer da minha vida agora? Tenho dezesseis anos de idade, estou aqui em algum lugar que não existe... Não sei como vim parar aqui, não entendo! Por quê? Quero voltar!

— Sophie, siga o seu destino que ele irá levá-la exatamente para onde deve ir. Apenas isso.

Comecei a sentir sono, muito sono. O senhor se levantou e me pegou pela mão.

— Isso já é muito para uma tarde, vou colocá-la na cama e você poderá descansar.

***

Meus pesadelos foram esquisitos, pois eram tão reais quanto aquele mundo em que eu estava. Eu sentia, arfava, suava.

Fugia em pânico de uma cobra vermelha. Eu estava presa em um labirinto, o clima era seco e quente, o Sol parecia estar indo descansar. Aquela cobra tinha dois metros de largura e, em suas escamas vermelhas, havia manchas pretas. Ela não era apenas uma cobra, sua consciência era humana, eu podia sentir aquilo.

Cheguei em um beco sem saída, não tinha como fugir. Não pude segurar o desejo de urinar. Minhas pernas tremiam e minha respiração era asmática.

— Vou pegá-la — ela cantarolou. — Vou sempre persegui-la enquanto ainda for o que é!

Ela deu o bote e eu senti seus dentes perfurando minha mão.

***

Caí da cama e bati a testa na cômoda. Levantei-me em pânico e senti um vestígio de dor na minha mão esquerda, porém, quando a olhei, nada havia. Na cômoda onde a testa quase ficou pendurada havia um telefone. Com uma ideia boba em mente, peguei-o e disquei um número.

Chamou!

— Alô? — Ela atendeu e eu fiquei muda. Isso só podia significar uma coisa, eu ainda estava no meu planeta, devia ter sido sequestrada. Se podia ligar para minha prima, não tinha outra explicação.

— Alô? — ela insistiu.

— Carol? Carol, você atendeu!

— Quem fala?

— Eu, prima! A Sophie!

— Impossível — sua voz tremeu de raiva. — Quem quer que esteja fazendo esta brincadeirinha de mau gosto, saiba que é muito cruel — ela soluçou. — *Nunca mais* ligue para esse número.

— Não entendo! Sou eu, qual o problema?

Ela desligou.

Não soube o que pensar, por que ela reagira desta forma? Fiz algo de errado?

O resto da noite fora pior que ser picada por uma cobra.

Capítulo 2

Assim que amanheceu, corri para fora daquela casa. Durante a noite, ela fizera barulhos estranhos de janelas e portas abrindo e fechando, objetos caíram e, o pior de tudo, ouvi passos. Era inconfundível. E, mesmo que fosse fruto da minha imaginação, havia vários copos quebrados na cozinha para provar que não estava enlouquecendo. Quem mais estava na minha mente?

Na rua, os números já faziam suas tarefas matinais e eu fui atrás do único número que conhecia, a dois. Rapidamente, encontrei sua casa, considerando que estavam todas organizadas em ordem numérica. Bati à porta e uma criança atendeu.

— Sim?

— Olá, a número dois está?

— Depende. Que número você é?

— Quatro.

— Então ela não está.

— Diga que é urgente.

— Ela disse que você falaria isso e mandou eu lhe dizer para procurar Pitágoras. Ele pode ajudá-la.

— E onde ele mora?

— No triângulo, lógico! — falou irônico e fechou a porta na minha cara.

— Superlógico — reclamei.

Fui bastante burra procurando o triângulo, pois era lógico que se tratava de Pitágoras, devia ser um triângulo retângulo. Mas, quando encontrei a primeira placa que dizia "Δ siga duas quadras e vire à direita", fiquei pensando que poderia estar errada. Então resolvi seguir aquelas instruções para ver aonde iria parar.

Chegando ao local, me deparei com uma construção de metal preto. Bati à porta bastante insegura, tinha certeza de que aquele não era o lugar certo, mas nunca se sabe. O homem que abriu a porta me analisou de cima a baixo e eu fiz o mesmo. Ele era alto e forte, fedia a gasolina e estava cheio de fuligem. Sua barba malfeita lhe dava a aparência de desleixado, era bastante forte e segurava um pedaço de metal na mão esquerda, que apoiou na porta.

— Sim?

— Acho que estou perdida — falei sem jeito. — Procuro Pitágoras.

— Perdida? Você deve ser a nova número quatro, correto?

— Sim... Como sabe? — perguntei deslumbrada.

— Sei identificar formas. — Ele esfregou o rosto na manga da camisa suada. Pude sentir o ar abafado que vinha de dentro.

— E o que é aqui?

— Somos do elemento fogo, forjamos metal... Gostamos de ser chamados de filhos de Vulcano — ele disse orgulhoso.

— Ah... Muito interessante. Eu sou água, talvez devesse fazer parte do grupo da Deusa do amor — brinquei, e ele não achou a menor graça. — Hum, perdão... Onde posso encontrar Pitágoras?

— No triângulo.

— E onde fica esse triângulo?

— Siga as placas para a rua Hipotenusa — ele disse, apontando para a direita.

Depois daquela sugestão, não tive mais qualquer dificuldade.

Ao chegar na rua Hipotenusa, perdi o fôlego, era magnífico. Era um triângulo retângulo com cem andares, mas imagine que o triângulo estava deitado, não em pé. Como eu sei que se tratava de tal forma geométrica? Vi a planta do prédio em um mapa. Colorindo a gigantesca construção, havia desenhados, em grafite, os quatro elementos que se uniam no centro da figura. Algo inimaginável, lindo.

Na frente do local, um gigantesco chafariz jorrava água. Tratava-se de ladrilhos nas cores azul com branco, e não havia nenhuma imagem, era apenas a circunferência por si só. Na água, variados tipos de flor de lótus boiavam. Em volta do edifício, muitas árvores e locais de lazer, onde se podia fazer um piquenique. Um caminho que serpenteava na grama me levou até a entrada.

A porta era um retângulo que, quando se abria, não se dividia em dois na vertical, mas, sim, na diagonal, formando dois triângulos retângulos. Achei engraçado o fato de tudo estar relacionado a essa forma geométrica. *Afinal, o que isso tem a ver com tudo o que está acontecendo?*, pensei. Em cima da entrada, estava a fórmula $c^2 + b^2 = a^2$.

Bastou eu colocar um pé para dentro do local que uma criança me ofereceu biscoitos, que estavam em uma pilha gigantesca no prato em suas mãos. Aceitei a oferta e ela ficou muito satisfeita com isso. *Gente louca*, refleti.

Em um balcão circular estava a recepcionista e ela era linda. Usava cabelos curtos e lisos, seus olhos eram verdes, seus óculos eram quadrados e pretos. Sua roupa, um elegante vestido azul -marinho. Senti vergonha de minhas roupas, que se tratavam de um moletom enorme, jeans e tênis. Era a roupa que fazia eu me sentir mais confortável, menos naquele momento.

— Como posso ser útil?

— Disseram-me para procurar Pitágoras — falei.

— Alguém especificamente?

— Hum... Sou nova aqui.

— Então ambos — ela falou baixinho, mexendo em alguma coisa da mesa que eu não podia enxergar. — Elemento?

— Água.

— Quanto?

— Quatro.

— Aguarde um momento. — Ela pegou o telefone e discou. — Senhora? — Ouviu-se um ruído. — Não, não. É da água. Onde? Sim, vou enviá-la.

Ela desligou o aparelho e me entregou uma barra de chocolate.

— Pegue o elevador e vá comendo isso durante o processo. Assim que terminar, aperte a conta cujo resultado for quatro.

Não entendi o que ela quis dizer, mas não queria importunar mais ninguém com minhas perguntas idiotas, então simplesmente peguei o chocolate e me dirigi ao elevador. Chegando lá, apertei o botão e a porta se abriu imediatamente, foi quando petrifiquei. Lá dentro havia uma sala de aula. Acreditem em mim! Não posso ter sido a única a ter visto aquilo. Havia classes e alunos, todos fazendo alguma tarefa importante, pois estavam muito compenetrados.

Entrei timidamente e procurei uma classe onde me sentar. Lá, havia uma prova de matemática. Não quero aborrecê-los com diversas explicações ou qualquer coisa do tipo, pois isso não mudará em nada toda a história, então serei breve. No início, fiquei irritada, pois sempre me esquecia de regras básicas da matemática, então me vinha a lembrança de minha professora dizendo: "matemática é uma ciência de padrões". Ela adorava essa frase e mostrava infinitos exemplos disso, mas algo sempre me pareceu terrivelmente errado nessa afirmação.

Seria o número quatro um padrão? Teria o número quatro sempre a mesma vida? Sempre a mesma morte? Eu não era um padrão, nunca aceitaria isso. Pois eu digo, a matemática pode ser muitas coisas, mas nunca uma ciência de padrões.

Comecei meu teste e fui comendo o doce. Se não fosse pelo fato de ter um chocolate, eu já teria ido embora. E então, eu me senti fora dali, como se tivesse passado temporariamente para um mundo paralelo, e lá fiz meu teste com muita tranquilidade. Quando terminei, percebi a idiotice que havia cometido. A resposta da segunda questão era quatro e eu havia me esforçado até o último segundo para fazer o teste.

Deixei aquele fato de lado e me levantei para apertar na questão cujo resultado era quatro no elevador. A porta se abriu e surgiu uma imensa sala. Dei dois passos à frente e o elevador se fechou. Havia diversos sofás espalhados e mesas de centro. A parede era panorâmica e eu podia visualizar a cidade. O carpete era cinza. Andei até a janela e fiquei a admirar a paisagem por longos segundos que me tiraram o fôlego.

— Não dá para acreditar, não é? — Ouvi uma voz feminina.

No sofá atrás de mim estava uma forma pálida e esguia de uma mulher muito elegante. Seu cabelo era curto até a orelha, seu rosto anguloso mostrava força. Seu vestido era fechado no busto e, quando andou para o meu lado, vi que era aberto nas costas. Linda.

— É impressionante — respondi, voltando o olhar para a cidade.

— Eu sou Hipotenusa. — Ela me lançou um olhar risonho. — Meus irmãos catetos logo chegarão. Vamos sentar para conversar enquanto isso, não?

Dirigimo-nos ao sofá e me sentei ao seu lado, entre nós um prato com uma pilha de biscoitos, como os que a menina me oferecera na entrada. Ela comeu um deles.

— Você teve que me esperar muito tempo? — perguntei.

— Esperar? Nem chegou a ser dois minutos.

— Está atarefada hoje? Porque eu fiquei, no mínimo, uma hora fazendo aquela prova.

— Não, minha querida. É esse o efeito do chocolate, o tempo passa mais devagar para você, assim não perdemos tempo.

— Ah...

Dois meninos mulatos surgiram na sala aos berros, um muito alto e o outro quase anão. Apostaram corrida até o sofá à minha frente, onde se sentaram e sorriram.

— Esta é a número quatro — apresentou Hipotenusa.

— Eu sou o Cateto Oposto — disse o menino alto.

— E eu sou o Cateto Adjacente — falou o baixo.

— Nosso pai, Pitágoras, está viajando em busca de nossa mãe. Estamos aqui para substituí-lo. Qual sua dúvida?

— Tantas... — contei-lhes tudo que acontecera comigo até aquele exato momento, nos mais minuciosos detalhes.

— Tudo parece normal — falou Adjacente.

— E o que significa "Be"?

— Berílio, o elemento químico.

— Que grande bobagem! Não posso ter o nome de um elemento químico, tudo isso é ridículo. E por que os ímpares sequestraram o zero se são os negativos que se beneficiam? E por que os negativos são maus?

— Ninguém sabe quem verdadeiramente roubou o zero. Mas, como os pares e os ímpares sempre acharam divertido criar conflitos, os ímpares foram convidados a se retirar — explicou a moça.

— Besteira. Graças a isso estamos vulneráveis perante os negativos.

— É, mas nunca se sabe onde um negativo pode estar escondido. Você pode ser negativa e nem sabe! — disse Adjacente.

— Se eu fosse negativa... Eu estaria na base par negativa, não é?

— E como sabe que não está? — revidou Oposto.

Refleti um minuto.

— Porque não estava escrito no muro lá na frente.

— Da mesma forma que o seu número não está impresso na sua pele — disse Hipotenusa.

— Nada faz sentido! — reclamei aflita. — *Nada!*

— Algum dia a guerra, o desentendimento e a desonra à vida fizeram sentido a você? — questionou-me ela, admirando meu colar.

— A verdade é que, mesmo existindo positivos, negativos, pares e ímpares, todos continuam sendo números.

— Nisso você tem 100% de razão. Durante sua vida aqui, entenderá o que está acontecendo; afinal, você aceitou um biscoito...

— E o que tem de importante nos biscoitos?

— São deliciosos — disse Adjacente, pegando um punhado.

— Mas não podemos tentar ligar todos esses pontos de uma vez só, acabaremos loucos — riu Hipotenusa, levantando-se.

— Loucos como Arquimedes — falou Oposto, olhando para o nada, e todos olharam para ele em dúvida.

— Última pergunta! Por que quando me comuniquei com minha prima ela ficou brava?

— Ela se assustou, logicamente — respondeu a bela mulher enquanto os catetos se implicavam.

— Com o quê?

— Qual é sua última lembrança?

— Estava meditando na casa dela.

— Tem certeza? — Seu olhar foi penetrante e então essa dúvida aterradora tomou conta de mim. *Não tenho certeza...*

— Essa questão é a menos importante no momento — ela cutucou os irmãos para prestarem atenção. — A questão é: por que você está aqui?

— Porque o antigo quatro morreu e vim substituí-lo. Só não entendo por que tinha que ser eu.

— O que veio fazer? — perguntou Oposto.

— Chegar ao cem.

— Como? — questionou Adjacente.

— Encontrando uma multiplicação e o número vinte e cinco, ou uma soma e o número noventa e seis. Algo assim...

— E por que todos os números na cidade não estão buscando isso por toda a parte?

Não soube o que responder.

— Por quê?

— Você está no primeiro mundo, ainda é cedo. Quando merecer, talvez em outro mundo, poderá encontrar uma multiplicação ou soma. Cada mundo tem sua lição e, assim que aprender o que deve aqui, poderá passar para o próximo.

— Mas merecer é bem complicado para a maioria das pessoas, elas não entendem — disse Adjacente.

— Não entendo, a número dois dissera que, para passar para o segundo mundo, eu precisava ser multiplicada. Já você diz que posso encontrar a multiplicação apenas no terceiro...

— Como eu disse, cada um tem seu nível de merecimento. Pelo visto, ela precisa merecer mais que você.

— Estranho... — Fiquei em pé e andei até a janela. — Mas acho que compreendo. E o que devo aprender aqui?

— Aqui é terra. Então aprenda a dominá-la.

— Egocentrismo, arrogância, individualismo, egoísmo... — citou Hipotenusa, e meu olhar se perdeu na sala.

— Mas, assim que eu conseguir isso, uma multiplicação, simplesmente, irá surgir?

— Não é assim tão simples — falou Oposto. — Mas nunca se sabe, elas são imprevisíveis. Adoram pular...

— Não teria graça se fosse diferente — riu Adjacente.

— Não precisa ter graça. — Olhei-os com o semblante sério. — Só quero ir embora.

— Acomode-se em sua nova casa, construa uma vida aqui e, assim que meu pai encontrar minha mãe pela segunda ou terceira vez, você será chamada.

— Não entendo.

— Ninguém entende antes de viver. Agora vá. Viva sua vida — disse a bela moça, me entregando o prato de biscoitos.

Capítulo 3

Minha vida era minha família. Eles coloriam meus dias com seus sorrisos e faziam dela uma melodia cheia de risos. Os quadros da casa mostravam a natureza morta e meus passos ecoavam pela sala vazia. Uma orquestra tocava Mozart em uma das infinitas salas.

Eu sempre tinha sido uma pessoa sociável, fazia amizades e falava bastante. Mas lá tudo isso era diferente, eu travava, sentia que qualquer palavra errada resultaria em julgamento. Todas as pessoas eram ótimas, elas sorriam, me davam bom-dia, me convidavam para sair... Eram tão queridas. Porém, nenhuma delas ligava para o fato de ter caído lá, para o fato de nada fazer sentido. Elas eram cegas? Eram surdas?

Eu me sentia triste.

Um dia, saí para correr e acabei me perdendo. Andei por números com mais de dez dígitos depois da vírgula e, quando pedi informações, ninguém soube me dizer, pois estavam perdidos também, esquecidos pelos números exatos... Fiquei grata por ser a número quatro, não a 4,10516789. Seria muito mais difícil chegar ao cem dessa maneira. E eles sequer podiam se arredondar, caso contrário, seriam outro ser! O número 4,1 não poderia dizer ser o quatro, senão estaria mentindo.

Pensei naquele número que estava abaixo das letras Be no quadro da minha casa. 9,01.

Tentei fazer o caminho inverso, mas não havia prestado atenção o suficiente. Estava totalmente perdida e sozinha. Sentei-me no meio-fio, frustrada, me lamentando. Quase tive um infarto quando olhei para o lado. Ali estava o homem que viera falar comigo no primeiro dia, segurava um prato de biscoitos como o que Hipotenusa me entregara.

— Não quer?

— O que você pensa estar fazendo aqui? — questionei irritada.

— Quer que eu vá embora? — Ele havia se ofendido.

— Sim — olhei-o maldosa.

— Azar o seu, a rua é pública. — Ele comeu seus biscoitos.

Ficamos dez minutos sentados, eu ouvindo ele mastigar. Deviam ser 16 horas e eu estava ficando sedenta.

— Qual o seu número, afinal?

— Sou o 9,01.

Ele devia ter comido, no mínimo, quinze biscoitos, mas a pilha ainda estava igual, inalterada.

— Esses biscoitos têm um segredo... — O senhor comeu mais um. — Ninguém nunca viu o fundo deste prato.

Peguei o prato e atirei todos os biscoitos no chão. Quando olhei novamente para o objeto, estavam todos ali, em sua pilha inalterável.

— Impossível... — Virei o prato de cabeça para baixo e nada aconteceu. Tentei puxá-los para o lado, arrancá-los, mas nada adiantava, eles não saíam do lugar. Peguei um e o coloquei na boca, ele saíra com muita facilidade. — Nunca saberemos o que tem no fundo do prato. Imagine se é uma multiplicação! Pode ser uma imagem, até mesmo um objeto. O que você...

Ao meu lado, um gato. Ele estava sujo de terra, fedorento, cheio de pega-pega da floresta e eu fiz cara de nojo. Devia ser um gato adolescente, pois não era muito grande, e pude ver seus dentes bem fininhos quando miou. Peguei-o no colo e saí andando.

— Você será meu amigo? É meu presente, não é?

Andava sem rumo, não poderia ficar mais perdida do que já estava. Conversava com o gato, contando-lhe dos meus sentimentos, dos meus receios... À medida que caminhava, ia me sentindo mais calma, relaxada. O animal me olhava atentamente e não desviou o olhar por um único segundo. Ele realmente me ouvia, realmente me entendia.

Quando ergui o rosto, estava na frente de casa. O gato começou a ronronar.

***

Escovei, esfreguei, molhei... Na verdade, era uma gata. Era uma felina cinza com uma orelha preta. Seus olhos eram de um azul luminoso. Deitei-me na cama para dormir e a gata também o fez. Parecia uma pessoa.

— Como vou chamá-la? — Ela miou e se deitou em meu ombro, se enroscando nos meus cabelos. — Dominga... Nossa, eu sou péssima com nomes. Penélope? Não gosto de rosa. Fiona? Verde é legal. Ah! Já sei, esse nome será perfeito. Couve — sorri.

Ela ronronava no meu ouvido e se esfregou na minha cabeça ao ouvir seu nome.

— Couve-flor! — Virei e peguei no sono.

***

Meus sonhos começaram bem e terminaram mal. Eu flutuava em uma nuvem no alto quando um raio me atingiu e eu caí no labirinto da cobra. Ela parecia mais humana, mais real, e juro ter visto tocos ao lado do seu corpo, como se estivesse desenvolvendo braços.

***

Pulei na cama com o susto. Sentei-me empapada no suor e Couve fugiu, pois se espantara com meu salto. Olhei para o relógio, eram 4h15.

— Quatro — repeti. Olhei em volta buscando a gata e quase gritei quando a vi saindo do quarto. E se ela se perdesse na minha mente? Nunca mais a encontraria...

Corri atrás dela e, quando saí do quarto, a casa balançou, me apoiei na parede. Era o movimento das ondas do mar, e isso só me deixou mais apavorada. Estaria realmente em alto-mar? Passaram para mais uma dimensão desconhecida? O que estava acontecendo?

Olhei por uma janela e vi a chuva, nada mais. A noite estava absolutamente escura. Era a primeira vez que saía do quarto durante a noite e fiquei a refletir sobre o motivo de a casa inteira balançar, e meu quarto, não. Nada fazia sentido naquele mundo.

— Couve! — chamei-a, balançando de um lado para o outro do corredor. — Venha aqui, meu amor, não deixe a mamãe preocupada.

A lembrança do conselho do 9,01 me deixou mais desesperada e andei mais depressa. Tremi, sentindo minhas pernas bambas. O corredor era infinito, com muitas portas de ambos os lados. Ela poderia ter se perdido para sempre, minha única amiga.

— Couve! — sussurrei com medo.

Estava tão escuro e eu temia acender as luzes. Nunca se sabe o que poderia estar se escondendo no corredor, e tudo piorou quando me lembrei de alguns filmes de terror que vira. Iria urinar nas calças se não encontrasse a gata logo.

Ouvi o miado dela vindo de um corredor que surgiu à esquerda e ali entrei. Seguindo o som, virei à direita e ali estava ela, raspando uma porta e ronronando. Assim que a casa balançou para a esquerda, consegui pegá-la. A porta pareceu-me normal, com uma única diferença: a maçaneta, que, diferente das outras que giravam, se pressionava para baixo. Pensei em abri-la, senti muita vontade de fazer isso, mas então saí correndo apavorada aos tropeços, sendo lançada para todas as direções pelas ondas da noite.

Desde então tranco a porta do quarto ao deitar.

***

— Oi — disse minha vizinha alegremente como todos os dias que nos víamos através da cerca do jardim.

— Bom dia — respondi.

— Ah! Você tem uma nova inquilina — ela apontou para a gata que andava atrás de mim. — Que sorte! Nem sempre a matemática dá o resultado que queremos.

— Bobagem! — contrariei, olhado-a. — Se fizer a conta certa sempre, terá a resposta desejada.

Ela sorriu ofendida, continuei regando as flores. Naquele dia, descobri como é bom ter companhia ao mesmo tempo que não se tem.

Couve sempre me seguia, observava, mas não atrapalhava. Era a amiga perfeita. Quando eu lhe dirigia a palavra, recebia um olhar de compreensão e, muitas vezes, um miado. Quando me frustrava com a nova vida, ela se enroscava nas minhas pernas, me forçando a sorrir. Eu a amava.

Os dias foram se passando, as semanas, os meses, um ano, dois anos, três... Eu lia, estudava, cuidava da casa, fazia aulas de ginástica rítmica, comia. Até mesmo fiz amizades, passei a ser mais sociável, criei uma vida e conseguia me sentir feliz. Mas algo sempre me levava a desejar a solidão, e eu meditava na frente da porta misteriosa. Nunca mais sonhei com o labirinto ou a cobra, me sentia em paz.

Depois de cinco anos, correu a notícia de que Pitágoras havia encontrado sua esposa e estava a caminho da base par. E a suposta guerra entre pares e ímpares continuava, apesar de eu nunca ter visto um ímpar. Às vezes pessoas morriam e eu me questionava se tudo aqui não era plano de um negativo escondido entre nós, mas a verdadeira questão era: para onde os mortos iam? Algumas pessoas me disseram que se uniam ao zero, mas eu não compreendia o que isso significava, acho que ninguém sabia. Outra dúvida cruel era como a pessoa que morreu se encontrou com o ímpar. *Nada faz sentido neste mundo*, continuava a pensar.

Tentei me comunicar com Hipotenusa novamente, mas as minhas contas nunca mais deram o resultado quatro e eu não sabia o botão que deveria apertar no elevador.

O tempo fazia meus amigos se esquecerem de onde vieram, fazia com que esquecessem seus nomes, fazia-os ter uma vida mundana. Não percebiam mais a magia que os cercava, o mistério de onde estávamos, por quê? Ninguém mais pensava nisso, ninguém mais ligava para o motivo da nossa existência. Eles desonravam os Versos de Ouro de Pitágoras e eu os lia frequentemente para garantir que não seria mundana, que não seria humana.

Digo isso porque sempre que eu questionava alguém a respeito de o que eram, eles respondiam: "sou humano". Ser humano significa esquecer suas origens? Ser humano significa esquecer os que nos amam e que ficaram em outro plano? Ser humano significa ser cego? *Nunca serei humana. Eu posso ser qualquer coisa, mas a humanidade nunca me pegará.*

Eu apreciava andar com os números recém-chegados porque eles eram mais questionadores e não aceitavam a novidade com tanta facilidade. Com eles, podia debater e tentava impedir que a humanidade se apossasse de seus corpos, de suas mentes. Infelizmente, isso não é tarefa fácil, pois o que a maioria dos seres deseja é ser social e, para isso, acha que deve ser igual aos outros, mas não entende que o negativo atrai o positivo, e que os polos iguais se afastam. Não sabem que o segredo da vida não está em ser algo para os outros, mas, sim, ser algo para si e os outros virão pelo mesmo motivo que as abelhas vão atrás do pólen.

Somos abelhas.

Entre tantas pessoas encontrei apenas uma exceção, sem mencionar a Couve. Ela era pálida, seus olhos grandes e negros hipnotizavam e seus cabelos escuros escorridos davam um ar fantasmagórico por vezes. Seu número era catorze, e seu nome, Clara. O elemento que a regia era o ar e ela disse ter aparecido na floresta $\sqrt{14}$ em queda livre, mas, de alguma forma, conseguiu planar e pousar. Sua casa era como a minha, todo o tempo se modificava, só que a dela tinha três andares e seu estilo era greco-romano, cheio de minuciosos detalhes com muitos segredos escondidos.

Mais um ano se passou quando Pitágoras voltou à cidade e, então, a população diminuiu drasticamente. Praticamente todo mundo que eu conhecia sumiu, os números com vírgula eram raros e eu temia ficar sozinha, temia que Clara sumisse, temia que Couve sumisse... Não suportaria que novamente levassem embora quem amo.

Um dia passeávamos pela minha casa e Clara percebeu a existência da porta diferente. Com sua curiosidade infantil, ela rapidamente tentou abri-la e meu coração acelerou. Nem mesmo eu havia tocado naquela maçaneta e a ideia de que aquilo poderia acontecer me fez suar frio. Felizmente, a porta estava trancada e nada houve. Contei-lhe sobre meus sonhos, sobre a cobra e como cheguei à porta pela primeira vez. Minha amiga foi ficando cada vez mais animada e sorridente com a ideia de um mistério, com a ideia de descobrir algo.

Ela tinha essa característica engraçada, não gostava de estar parada, sempre queria ter algo para fazer e com que se distrair. Eu já estava me acostumando à sua forma de ser.

Desde então, ela não parava de falar daquela porta, sempre dizendo que eu precisava saber o que se escondia lá dentro. Ela tinha formulado várias teorias, como monstros horríveis, um mundo paralelo ou até mesmo a porta para o segundo mundo.

— Clara — respondia impaciente —, vamos alugar um filme para assistir esta noite?

— Se você imaginasse um quarto com chaves... Talvez encontrasse a que abre aquela porta! Sophie, precisamos saber o que tem lá.

— Catorze! — descontrolei-me por alguns segundos. — Você já não tem mistérios o suficiente na *sua* casa?

Ela era insistente.

Tínhamos combinado de sempre chamar uma à outra pelo nome, e não pelo número, assim nunca nos esqueceríamos de como nos chamávamos.

Passamos a fazer buscas por novos números na floresta, já que os encarregados de tal tarefa haviam sumido. Geralmente encontrava números que foram meus amigos, como o número oito, o número 86,15... Questionava-me se seriam ainda os mesmos, mas em outro corpo. Perguntava-me se eu era o antigo 4 que fora homem, bem como para onde foram os meus amigos todos os dias.

— Não acredito nessa teoria. Imagine se a última catorze fora um velho de oitenta anos? Eu nunca fui um velho de oitenta anos. Teoria falha, pensemos em outra.

Ela era muito exigente com tudo, não aceitava uma resposta simples, por mais simples que fosse a pergunta e por mais verdadeira que fosse a resposta. Tinha que dar voltas e voltas para só então concluir algo que eu havia dito desde o início, mas com palavras mais difíceis e raciocínios mais complexos. Sua conselheira era uma criança de seis anos impressionantemente sábia e seus raciocínios eram muito óbvios. Sempre que eu a ouvia falar me perguntava como havia sido burra por não pensar naquilo. Seu número era 28,8 e o elemento dela e da minha amiga era Silício.

Com o tempo, minha amiga me fez curiosa e passei a imaginar o que poderia ter atrás daquela misteriosa porta. Tentava pensar em coisas boas, como sorvete.

Todos os dias, admirava meu reflexo no espelho. Podiam se passar séculos e eu permaneceria igual. Com dezesseis anos e algumas espinhas, não importava o que comesse, meu peso nunca mudava. Mas, por dentro, eu tinha amadurecido e tinha orgulho de pensar que amadureci sendo feliz, pois conhecia muitas pessoas que sofreram como eu ao virem para este mundo, mas elas nunca desejaram mudar esse sentimento, sofrendo eternamente... E me questionava: por que alguém escolheria ser triste enquanto ser feliz é bem melhor? Todos me diziam que não era assim tão simples e eu perguntava o que dificultava. Ninguém sabia me responder.

Um dia, andava cantarolando pela casa, pensando de forma insensata em como eu gostaria de encontrar a chave que abria aquela misteriosa porta. Entrei em uma sala e lá havia potes e potes cheios de chaves com diversos formatos e cores diferentes. Fiz de conta que estava surpresa, fiz de conta que havia sido o acaso que me levara até lá... Não devia fazer aquilo.

Fui pulando de forma infantil até o canto da sala, eu sabia que lá estava o pote que continha a chave que desejava. Chegando lá, avistei-o. Era de madeira lisa sem qualquer detalhe ou desenho, simples como minha mente. Abri-o e tirei um papel, fiquei realmente surpresa com isso. Lá deveria estar a chave. Quando li o que dizia, meu coração acelerou e eu saí correndo.

***

— E o que estava escrito?

Olhei-a assustada, ainda ofegava. Seus grandes olhos negros de coruja vigiavam meus movimentos. Eles queriam a verdade e não poderia mentir.

— A primeira coisa que disse quando apareci nesse mundo bizarro: "encontrar o número cinco".

— E por que ficou tão assustada?

Andei até a minha cômoda e de lá peguei uma caixinha. Sentei novamente na cama e entreguei-a para ela. Minha amiga abriu e tirou um papel velho, sujo e amassado de lá de dentro, e depois uma corrente com o número seis.

— Eu encontrei esse papel no bolso do número seis, por isso falei que precisava encontrar o número cinco.

— Você tem a corrente do número seis! — Ela arfou de prazer e depois me lançou um olhar curioso. — Vamos encontrar o número cinco!

— Ele é ímpar! Querem nos matar!

— Não acredito nisso, deve ter algum ímpar como nós. Temos que tentar, senão morreremos, ou, pior, viveremos para sempre sem saber.

— E como pretende falar com ele?

Ela ficou um tanto nervosa e engoliu em seco, parecia ter uma ânsia tão profunda de descobrir um jeito de se comunicar que isso causava-lhe efeitos físicos.

— Não sei, mas tenho certeza absoluta de que existe um jeito e podemos descobrir qual é.

A partir daquele dia, minha vida ganhou sentido, como se eu tivesse esperado por aquele momento desde que cheguei lá. Eu podia reclamar, mas, por dentro, borbulhava de animação querendo desvendar mistérios e criava vários planos mirabolantes para escapar de armadilhas que eu mesma inventava.

Um dia, a campainha tocou e corri para atender.

— Sophie! — Era Clara. — Você não vai acreditar! Eles abriram uma base militar, todos terão que servir ao exército, pelo que ouvi falar.

— O quê? Isso vai contra meus princípios, me recuso a ser um instrumento de guerra.

— Disseram que é obrigatório.

— Não acredito que seja verdade, aqui são todos livres. E nunca houve guerra antes, houve?

— Ninguém sabe! Todos os números antigos que estavam aqui há vinte e cinco, trinta anos, sumiram ano passado. Você é uma das mais velhas.

— Não é possível. E a biblioteca não tem nenhum livro de história que fale sobre isso! Tem de haver, não faria sentido...

— Vamos lá agora mesmo.

Eu abria livros e mais livros que falavam da Primeira, Segunda e até mesmo Terceira Guerra Mundial, mas nada se referia ao mundo numérico. Não existíamos, não tínhamos história. *Eu sempre soube que não existimos*, concluí triste.

— Não é possível. — Minhas mãos suavam. — A gente nunca existiu... Um povo sem história não existe, Clara.

— Cale a boca! — Ela fora rude e largou uma pilha de livros em cima da mesa onde pesquisávamos. — Nós temos que procurar direito.

Sentia-me insegura e aquela tarde só me deixou mais nervosa. No fim do dia meus olhos, ardiam e minhas lágrimas não os umedeciam, não suportava mais ajudar Clara a recolocar os livros no lugar, queria desmaiar ali mesmo e dormir.

A biblioteca era toda de carvalho, suas prateleiras elegantes e altas deviam ter mais de três metros de altura. O local era composto por duas câmaras abobadadas com pinturas do universo e das constelações no teto. Havia dois andares, o segundo sendo composto de salas de aula e salas para apresentações de palestra, além dos banheiros. Vários sofás e mesas para estudos estavam espalhados pelo local e eu amava passar longas tardes me distraindo lá dentro. Até mesmo para pensar e olhar as pinturas, que, por vezes, jurava ver se mexerem.

— Vou ao banheiro, catorze. Se eu não colocar água no rosto, vou acabar adormecendo.

Para lá me dirigi e, ao regressar, parei. Havia uma porta que nunca tinha reparado antes à frente da escadaria e quase corri quando a observei, pois era como a porta misteriosa da minha casa. Não fazia sentido ela ser daquele jeito porque todas as portas eram cheias de adornos e imagens de livros. Aquela era lisa. Senti medo de sair da frente dela por vários motivos, o primeiro era que eu temia me virar e algo sair sem eu ver, e o segundo era a possibilidade de ela sumir.

— Clara! — chamei. — Venha aqui correndo!

— Onde você está?

— Subindo as escadas.

Ela logo chegou e ficou a admirar a porta junto de mim.

— Por que ela é igual à porta da minha casa?

— Talvez possamos descobrir se investigarmos. — Ela me olhou querendo me irritar.

— Você é muito idiota — disse, fingindo irritação. — Vamos entrar!

— Óbvio! — Com um pouco de receio, abaixou a maçaneta, mantendo um pé atrás. A porta se abriu e nós ficamos de frente para a escuridão. Criando coragem, coloquei o braço do lado de dentro, tateando a parede até encontrar o interruptor.

A sala era toda branca e esférica. Entramos e nada encontramos lá, era simplesmente uma sala vazia. A porta se fechou sozinha, sem sequer deixar sua marca na parede, como se o local não tivesse entrada. O chão era de vidro. Andamos até o seu centro e foi quando notei que não havia qualquer tipo de lâmpada que iluminava o local, a luz simplesmente existia e estava ali por simples ser.

— Que estranho. — Clara pisou forte no chão de vidro, como se estivesse testando sua resistência.

— E não tem maçaneta do lado de dentro da sala...

— Sem pânico — disse minha amiga, abrindo os braços, como se houvesse outras pessoas ali.

— Você é muito dramática — observei. — Vá para a aula de teatro.

Ela riu e andou pelo lugar. Quando encostou a ponta do dedo na parede, tudo tremeu. A parede começou a pegar fogo e nos abraçamos assustadas no meio da esfera. Olhei para baixo e vi a cor vermelha. Primeiramente, pensei ser o fogo, mas então percebi que se tratava de terra e um vento muito forte quase nos fazia sair do chão, o espaço sideral acima nos puxava. Senti pânico, não queria morrer, como aquilo era possível? O que estava acontecendo?

Quando estávamos quase virando carne assada, tudo voltou ao normal e caímos no chão, tossindo com falta de ar. Ao nos recuperarmos, avistamos que surgira um quadrado de ladrilhos azuis na parede. Aproximamo-nos e pudemos ler a escritura em letra preta.

"Um mistério é posto
Alguns anos se passam

Amizades se fazem presentes
Agora que a guerra realmente chega
O medo aflora e o desejo de viver
Outras épocas são grandes,
Mas o passado não está mais aqui, agora"

Clara me olhou animadíssima enquanto eu relia os ditos com mais atenção.

— É enigmático, parece que tudo tem um duplo sentido — sorri. — "Vontade de viver"... Isso significa algo para você?

Um tremor percorreu seu corpo e ela espirrou.

— Eu não sei. Mas com certeza devemos parar de pesquisar sobre o passado do Mundo Numérico.

— Evidente. Acho que encontramos o tempo — ri nervosa. — Encontrar o tempo — repeti baixinho. — Que maluquice superlegal!

— Acreditava que o presente, o passado e o futuro andassem juntos. Como ele pode dizer que o passado não está mais aqui?

— Acho que essa relação com o passado se refere aos números antigos. Eles eram o nosso passado e simplesmente desapareceram, não estão mais aqui. E não fala que os três tempos não andam juntos, então ainda faz sentido.

Ela me olhou, arqueando uma sobrancelha.

— Você tem um bom raciocínio.

Eu ri.

— Como vamos sair daqui?

Algo estalou à nossa esquerda e a porta se abriu. Entreolhamo-nos.

***

Eu estava sentada na cama olhando para o nada. Havia acabado de receber uma carta informando o horário da reunião militar no dia seguinte e eu não tinha como escapar, a morte não era opção. Às 8h30 da manhã eu precisaria estar lá.

— Miau — falou a gata que afofava a almofada ao meu lado.

Acariciei-lhe o dorso.

— Acho que minha vida está recém-começando...

No dia seguinte, eu estava do outro lado da cidade, assinando presença na reunião. O palco era ao ar livre e me sentei ao lado da Clara, perto do palco. A cidade inteira se resumia a quinhentas pessoas e estavam todas presentes.

Um homem de vinte e cinco anos que eu conhecia muito bem subiu ao palco.

— Bom dia. É muito bom ver todos presentes — ele não se demorou muito em cortejos. — Estamos aqui para discutir a respeito da guerra par-ímpar e decidir o que faremos com ela. — Ele parecia tímido.

— Sou contrária à guerra — Clara estava em pé, vermelha de tanta raiva. — Estamos em uma ditadura? Não posso escolher por mim mesma?

— Não estamos em uma ditadura, senhorita, visto que sequer temos um governo. Mas se você se retirar, parecerá que está abandonando a pátria.

— Isso é ridículo. *Pátria?* Ela não existe, já que significa a união de *todos*. Guerra idiota! — Ela tentou me puxar com ela.

— Quero ouvir — respondi ao olhar duvidoso da minha melhor amiga.

— Todos aqui podem se retirar se quiserem, mas garanto que o melhor a fazer é ficar aqui junto dos iguais. Finalmente vamos tomar partido em uma guerra muito antiga, uma luta que se iniciou muito antes de sequer cairmos aqui! Temos que recuperar o zero! Nós temos o *direito* de conhecê-lo. Temos o *direito* de tê-lo! E vamos ter todos os nossos direitos cumpridos. Sou o número oito, o marechal! Vocês estão comigo?

— Sim, marechal — responderam em coro e eu me espantei.

— Vamos vencer?

— Vamos, marechal! — pareciam robôs.

— Ao meu lado está a número 16,03, a coronel. E convido uma pessoa muito especial para se juntar a nós no comando. Ela é uma das mais antigas e é muito heroica! Deve ter sido quem encontrou a maioria de vocês vagando na floresta e, juntos, vamos vencer essa guerra! — Ele esticou a mão na minha direção e eu senti vertigem. — Número quatro!

Andei até o palco quase tropeçando e, quando cheguei lá em cima, ele beijou minha mão. A ambição iluminava seus olhos e a timidez sumira, algo inacreditável. Lembrei-me de uma brincadeira que fazia quando não queria fazer alguma coisa: dizer "SL" e partir, ou seja, só lamento. Mas aquele momento não era oportuno para esse tipo de brincadeira e eu me xingava internamente por sempre pensar em bobagens nas horas mais importantes.

Sabia que precisava aceitar aquele cargo. Se eu seria importante, poderia influenciar positivamente para não haver guerra, e sim um acordo diplomático, ninguém iria se ferir.

— Claro — falei, tentando sorrir, mas não tenho tanta certeza se tive sucesso. Em poucos segundos, fiz uma longa reflexão sobre a forma que deveria me portar na frente de um homem que, ao mesmo tempo em que era tímido, se impunha e comandava. Era lógico, tinha que ser mais imponente. — Mas não quero meus comandos sendo contestados. — *De onde veio essa frase?*

— Não serão — ele se aproximou e falou baixinho ao pé do meu ouvido. — Pensei que fosse se retirar com a catorze, temi por alguns segundos.

— Ela é nova, não sabe o que faz. Vou trazê-la de volta, não se preocupe.

— Não estou preocupado.

Afastei-me.

— Agora vamos nos reunir na sala de reuniões para discutir os próximos passos.

Ele chamou algumas pessoas e entramos na base. Era tudo cinza e quadrado. Na sala de reuniões nos sentamos em uma longa mesa cinza. No canto da sala, um computador e uma impressora; do outro lado, uma mesa com comidas e bebidas, nenhuma outra peculiaridade.

Foram ditos os postos e seus respectivos números.

Número 8: Marechal

Número 4: General

Número 16,03: Coronel

Número 12,053: Tenente-Coronel

Número 18: Major

Número 28,04: Capitão

Número 98,07: 1º Tenente

Número 56: 2º Tenente

Número 62,01: Aspirante

Após ler a lista, o homem gordinho e quase calvo se sentou.

— Muito bem — começou o número oito, que estava na ponta da mesa. — Nós já temos a base, agora precisamos de treinamento e armas.

— Uma dúvida — disse insegura, tentando usar minha autoridade.

— Fale, General — responderam.

— Alguém já falou com algum ímpar para saber se eles têm o

zero? Alguém sabe onde fica a base ímpar?

— Não sabemos onde é a base ímpar ainda, mas logo saberemos e digamos que não é nada inteligente questionar o inimigo se ele possui o zero, provavelmente irão mentir.

— Mas eu acho importante levar em conta o que a General traz em pauta — observou o 1º Tenente, que logo se calou ao ver o olhar ameaçador da 16,03.

— Isso é verdade, não podemos confiar. Eu não diria a verdade se possuísse o zero para poder ter vantagem.

— Ou diria a verdade, usando-a como vantagem — contrapus.

— Você a colocou nesse cargo importante para nos humilhar, Marechal? Para *me* humilhar? — Ela bateu a palma da mão na mesa com força e falava quase gritando. Meu coração se acelerou. — Não temos tempo para essas piadas! Eles também estão se preparando e, se descobrirem, antes de nós, a localidade de nossa base, estaremos perdidos. Isso se já não souberem...

Levantei-me, querendo aparentar fúria, mas o medo transbordava dos meus olhos. Não conseguia fingir sentimentos, mas esperava que meu rosto estivesse convincente o suficiente. Todo esse fingimento me deixava tonta, era tão difícil agir de uma forma que vai contra sua filosofia.

— Quero falar com você, Marechal, a sós.

Ele voltou a ser um menino tímido e pequeno. Fomos para uma antessala e ali falamos em particular.

— Você não percebe o que está fazendo? — Desejava ser durona, mas minha voz saiu calma como uma mãe quando explica ao filho por que não deve bater no amiguinho. Respirei fundo para parecer impaciente e tentei parecer brava falando de forma mais dura. — Não temos armas, não temos aviões, não temos soldados, não temos estrategistas, não temos nem mesmo quinhentas pessoas na cidade! Como pode anunciar o início de uma guerra? Não passou pela sua cabeça que é preciso muito mais? Não sei quase nada sobre isso, mas com certeza você é totalmente ignorante.

Pela careta que o número oito fez, consegui atingir meu objetivo. Minha pulsação estava acelerada por fingir um sentimento que não tinha.

— Perdão, General. Você é tão sábia, deveria ter falado com você antes de iniciar tudo isso. Mas todos os números antigos falavam de guerra, que isso tinha que ter um fim. Não me lembro exatamente o que era, mas as profecias diziam que só a guerra poderia resolver toda essa situação...

— Profecias? — O tom da minha voz foi de curiosidade inocente.

— Não sei ao certo, quatro, só sei que me lembro de eles falando de uma guerra, mas é tão vago.

— Então houve guerra antes — falei baixinho para mim mesma, fervendo de felicidade pela descoberta.

— Perdão? — Ele estava muito preocupado com o que sentia e pensava. Eu mandava nele, faria tudo que eu pedisse e não podia desperdiçar esse benefício.

— Mande a cidade inteira se reunir novamente dentro de algumas semanas. Precisamos falar de que precisamos para poder prosseguir e, além disso, precisamos nos organizar internamente para dividir as alas. Acho que cada oficial pode tomar o comando de cada grupo que criarmos, assim nos organizamos melhor. De acordo?

— Como quiser, General, vou passar os comandos para os outros.

— E mais uma coisa — falei, tendo uma ideia brilhante. — Temos que pôr em prática a hierarquia militar... — disse insegura, sem terminar devidamente a frase.

— Que hierarquia seria essa?

— Você não conhece? — tentei parecer surpresa. — Tudo bem, trago tudo em um papel amanhã para lermos em voz alta. Vamos voltar para a sala de reuniões que eu quero ir para casa.

— Pode ir — ele sorriu. — Vou passar essas últimas instruções a eles e amanhã posso passar na sua casa para conversarmos melhor sobre tudo. Somos os chefões, lembra?

Sorri nervosa. Tudo que menos queria era uma aproximação mais íntima com ele, e eu considerava a minha casa um lugar bastante íntimo, considerando que se tratava da minha mente.

— Chegue às 14h30 — disse antes de sair apressada e não olhar para o rosto de mais ninguém.

***

Cheguei correndo à casa da catorze, o trem parecia ter levado uma eternidade para me deixar no meu destino e eu explodia de ansiedade para contar-lhe tudo. Toquei a campainha várias vezes e ela demorou para atender a porta. Assim que o fez, seu olhar assassino de quem poderia devorar meu cérebro quase me petrificou.

— Clara, eu sei que está muito irritada comigo, mas precisamos conversar.

— Eu me humilhei na frente da cidade inteira e você me abandonou na hora que eu mais precisava.

— Não seja egoísta, você falou tudo aquilo sem nem mesmo perguntar se concordava, não tinha motivo para sair com você. Além do mais, tenho uma vantagem enorme para nós nesta guerra.

— Para você, pois eu não quero ouvir seu número nunca mais! — Ela ia bater a porta, mas eu a segurei.

— Clara! Deixe de ser tão arrogante, não percebe que tudo isso que está se passando está muito acima do que seu orgulho grita? Estamos falando sobre vidas, estamos falando de uma guerra em que as pessoas realmente morrem, catorze. Não temos tempo para ficar brigando por coisas bobas porque somos melhores amigas e nada vai mudar isso.

Ela piscou como se tivesse voltado à realidade.

— Ego, eu gero obstáculos — ela disse baixinho e eu afirmei.

***

— Espionar? — Ela não gostara da ideia, mas era a única que eu tinha.

Dei de ombros.

— Só sei que precisamos nos comunicar com os ímpares.

— Nós sequer sabemos onde fica a base deles... — Eu a olhei com espanto e ela esbugalhou seus grandes olhos de coruja. — E se eles não existirem?

— Não seja boba — ela riu. — E todos os monumentos? E as ruas ímpares inabitadas? É impossível que não existam.

— Você tem razão. Bom, acredito que o máximo que podemos fazer é esperar todo mundo ter seu cargo e quando, assim, formos agir... Será da forma que julgarmos necessária para melhor ajudar o processo diplomático. Quem sabe não consegue um cargo importante.

— Você consegue se desejar, manda no Marechal e é General. O que mais é necessário?

— Não conte com isso, Clara, a Coronel não gosta de mim e tenho certeza de que fará de tudo para nos atrapalhar. Acredito ter ficado no cargo que ela julga ser dela.

— Não me interessa essa arrogantezinha, você manda, ela não

pode fazer nada. E aquela ideia da hierarquia militar foi brilhante! — Ela abriu um armário onde havia desenhos feitos a dedo, de hambúrgueres mortos em um campo de batalha. A verdade é que o suposto armário era uma geladeira. Isso me irritava bastante na casa da minha amiga, as coisas nunca eram o que pareciam ser. Os corredores de sua casa podiam tanto ser lisos, como cheios de pratos, ou cheios de quadros, ou cheios de desenhos feitos à mão... Dependia de seu humor, dependia do dia.

Era praticamente impossível encontrar uma porta na sua casa, pois elas sempre estavam disfarçadas. Às vezes a maçaneta era um prato, ou não tinha maçaneta, mas, sim, um botão secreto escondido atrás de um quadro. Outros dias, tínhamos que pisar em uma combinação secreta no chão ou responder alguma charada. E o mais complicado era encontrar a sala que se desejava. Como eu ia saber que o prato com o desenho de um vaso de flores simbolizava o banheiro? O pior era quando era papel de parede, eu poderia apostar um milhão de dólares que não havia nenhuma porta ali, mas então você começava a tatear com todo o cuidado possível até que encontrava uma maçaneta. Além do mais, por vezes, o corredor causava uma ilusão de ótica, fazendo-me vesga.

Logicamente, Clara ria de mim quando estava nessas situações, pois conhecia sua casa bastante bem. *Bastante* bem, muitas vezes caíamos em armadilhas ou abríamos portas totalmente desconhecidas. Ela tinha segredos de si mesma.

Passamos o dia todo discutindo o que fazer. Ela queria ser introduzida na ala de comunicação, pois acreditava ser capaz de fazer contato com os ímpares. No final, as coisas saíram um pouquinho mais complicadas.

Capítulo 4

No dia seguinte, acordei cedo. Estava inquieta em relação à visita do marechal à minha casa e, por isso, tranquei todas as portas. Quer saber como isso foi possível sabendo que as portas são infinitas? Simples, criei uma sala mestra onde podia controlar todos os quartos conhecidos, e esse era o único problema: somente os *conhecidos*.

Resolvi almoçar fora, minha inquietude não me permitia fazer nada direito. Já lhes ocorreu de pôr água no fogão para ferver com o intuito de cozinhar um ovo? Pois bem, coloquei a água e esqueci o ovo, mas, quando me dei conta disso, a água já havia evaporado. O pior era quando a minha mente resolvia brincar comigo. As coisas desapareciam e depois reapareciam em lugares inesperados, algo bastante perturbador. Então fui comer no meu restaurante preferido, o Medieval.

O local era em um castelo da Idade Média onde moravam duas figuras muito curiosas. Nunca entendi o motivo de algumas pessoas morarem juntas, já que cada um tinha sua casa, mas nunca tive coragem de questionar isso. Um duque e o príncipe atendiam os clientes enquanto três plebeus cozinhavam. Na saída, o duque me abordou com sua requintada forma de falar.

— Princesa! — Ele se curvou. — É uma honra recebê-la em nosso castelo, espero que tenha apreciado a comida.

Ele era uma das únicas pessoas que não me chamava pelo número, havia um carinho muito grande por ele. Não eramos tão próximos, mas, quando nos encontrávamos em reuniões, era sempre um prazer falar com ele.

— Olá, duque! — Sorri. — Já lhe disse que não sou princesa. É muito bom vê-lo.

— É uma bela princesa e não percebeu ainda.

— A comida estava fantástica, adoro vir aqui. Meus parabéns.

— Meus agradecimentos aos cozinheiros reais, são os verdadeiros merecedores de tais elogios. — Seu olhar se tornou um pouco ansioso e sua aproximação mostrou claro nervosismo. — Sophie, o que você prevê para esta guerra?

Eu me senti triste. Ele estava preocupado e sua ingenuidade feria meu coração, sentia vontade de niná-lo no meu colo e contar lhe um conto de fadas.

— Não sei o que lhe dizer, duque. Mas em breve teremos mais uma reunião na base militar, onde tudo será esclarecido.

Ele concordou e seu olhar triste foi como um golpe.

— Tenha um bom dia, princesa.

***

O relógio dizia que faltavam cinco segundos para as 14h30, e então a campainha tocou. Abri a porta de modo simpático e um homem muito tímido entrou na minha casa. Ele era moreno, não muito alto, olhos castanhos, cabelos bem arrumados e forte. Um homem puro, e não tinha nada de atraente aos meus olhos. Seu nariz era levemente curvo, e suas sobrancelhas, muito grossas. Podia ser o principal promotor da guerra, mas o fazia por ignorância e era facilmente manipulável. O estranho era ver em seus olhos a maldade em um nível demoníaco onde, segundos antes, estivera o ápice da inocência, como se fossem duas pessoas ao mesmo tempo.

— General! — Ele se curvou e beijou minha mão. Puxei-a de forma indelicada devido ao asco que ele me transmitia. Fechei a porta.

Fomos à sala de estar, onde nos sentamos nas confortáveis poltronas. Esperei-o se sentar de forma que pude ficar o mais longe possível dele.

— Então, como você está? — ele perguntou casualmente.

— Bem, e você?

— Um pouco confuso... — Ele se acomodou na poltrona como se ela tivesse algum caroço que o deixasse desconfortável. *Controle sua mente, Sophie!* — Não sei em quem confiar... As pessoas podem se enganar.

— Está se referindo a quem? — questionei com o coração acelerado.

— À coronel, logicamente. — Ele suspirou e cruzou uma perna. — Ela quer ter um cargo que se iguale ao meu e diz não a conhecer o suficiente para dar-lhe tão importante posto.

— Ela tem muita cobiça, deve aprender a respeitar a hierarquia militar, que, afinal, é o nosso principal assunto agora.

— Cobiça é bom, você não tem? Não deseja ser melhor que os outros?

— Não — respondi com tamanha inocência que seria impossível duvidar da verdade, mas eu tinha um papel a interpretar, tinha que ser aquilo que não era, era necessário. — A minha única cobiça é a vitória, quero possuir o zero! Quero tê-lo em minhas mãos. Como já sou importante o suficiente no exército, minhas cobiças pessoais já foram satisfeitas.

Suas feições se aliviaram ao ouvir uma resposta razoável e seu rosto se tornou maligno, como se uma nuvem negra tivesse escurecido seu olhar e endurecido seu coração. O sorriso sarcástico dava arrepios.

— Pensa que não sei quem você é? — Meu estômago deu um nó e eu permaneci impassível. — Você é quem vai me ajudar a organizar esta guerra, vai nos levar à vitória! — Ele se levantou e sentou ao meu lado, quis empurrá-lo. — Qual é seu plano?

Sem piscar com o susto que levara pensando que ele ia dizer saber que era uma enorme farsa, quase vomitei em cima dele. Olhei-o e tentei sorrir, com certa tontura devido à situação, mas virei o rosto e respondi:

— Vamos começar pelo básico, hierarquia militar. Depois começaremos a listar os livros que precisamos estudar para melhor nos prepararmos.

xxx

Bati freneticamente à porta da casa da Clara. Ela abriu irritada e se espantou comigo.

— Entre.

Sentamo-nos em um banco no seu jardim para conversar. Passei-lhe todos os últimos acontecimentos, o que ela ouviu com muita seriedade. Assim que terminei, ela ficou brincando com os dedos, pensativa.

— Eu não sei absolutamente nada sobre táticas de guerra e tudo o mais. O pior é que não tenho a menor curiosidade em aprender! — Seu suspiro foi impaciente. — Não suporto essa ideia, tudo isso vai contra meus princípios.

— Eu também estou contrariada, Clara! Sou general e sequer me perguntaram se eu queria ser, mas não temos tempo para ficar nos lamentando. Além disso, lamentar-se também vai contra nossa filosofia, não é? Vamos lá, não poderíamos ter uma chance melhor para virar essa guerra do avesso. Além do mais, precisamos estar à frente de todos, ter uma carta na manga sempre é importante.

— Teremos de estudar! — Seu olhar foi determinado e, de certa forma, sofrido.

— Veremos como os fatos irão se desenrolar. Hoje os oficiais vão se reunir para decidirmos alguns assuntos. Além disso, vamos falar a todos a hierarquia militar que inventamos juntas... — Sorri me sentindo mal, aquilo não estava certo. — E eu tenho que cuidar do horário, tenho que estar lá às 16h30.

Ela colocou a mão na minha perna, dizendo silenciosamente que entendia o que eu sentia.

— São 15 horas agora. — Ela me olhou travessa. — Sabe, estamos fazendo tudo isso para ajudar, poderíamos ter um pouco mais de senso de humor com as coisas. Eu só quero ver quando a 16,03 tiver que obedecê-la!

Rimos bastante enquanto criávamos situações bobas. Quando paramos, respirei feliz, me lembrei de quando minha mãe me dizia que era impossível estar sempre feliz e eu lhe respondia que a felicidade não é um estado de espírito, e sim uma forma de ser. Ela somente sorria e não entendia que eu estava falando a verdade.

— E a sala misteriosa? — questionou a catorze, quebrando totalmente minhas reflexões mentais.

— Nem me lembrava mais dela. Esse mistério não tem mais importância, Clara, devemos nos concentrar na guerra.

Ela suspirou decepcionada.

— Espero que, desta vez, Pitágoras leve menos tempo para chegar, assim poderemos sumir de uma vez desta cidade.

— Pois é, mas o pior é que nem sabemos para onde vão as pessoas. Imagine se nos levam para um lugar horrível! Não podemos negar que a vida aqui é ótima, apesar dessa guerra. Afinal, nada de ruim acontece!

— Claro que acontece, Sophie! E o 88,9 que foi encontrado morto?

— *Isso!* — Ela se assustou. — Era sobre esse assunto que queria falar com você. Será que são mesmo os ímpares que matam essas pessoas? Afinal, elas simplesmente aparecem mortas, ninguém nunca viu nada. Será que eles existem...

— Sophie! Já discutimos sobre isso, lógico que existem! Agora se são eles que matam os pares eu não sei, só sei que seria muito surpreendente descobrir que um número mata seu semelhante. Eles levam tão a sério essa história ridícula de semelhante, como se todos nós não fôssemos números. Mas, de qualquer forma, eu suspeito da 16,03.

— Da coronel? Ela até pode ser ameaçadora e irritante, mas realmente duvido que seja ela!

— Não sei. Na guerra tudo é possível.

— Duvido — falei, finalizando a discussão, e Clara pulou no banco ao ter uma ideia.

— Deveríamos pesquisar a vida do 88,9! Imagina se ele descobriu alguma coisa que não deveria e deram um jeito nele? Que babado!

Sorri da cara sarcástica que ela fez.

— E quem teria "dado um jeito" no 88,9?

— A *chefona*, logicamente. — Seus olhos brilharam. — Hipotenusa. Ela é a mais sábia daqui e deve usar seus irmãos catetos como cúmplices. Eles estiveram aqui desde sempre, não é? Sabem de tudo e devem ser eles quem destroem os livros que contam a história do Mundo Numérico.

— Tenho muita convicção de que eles são do bem, catorze.

— Não importa! Vamos na casa do 88,9 revirar as coisas dele e dar uma de Sherlock Holmes?! Oh, santo Pitágoras, vamos, vamos!

— Não, catorze! Lembre-se, não é permitido mexer no que não é nosso por direito. Estaremos infringindo umas das nossas regras. Isso é invasão de domicílio. Além do mais, a casa dele já deve ter se modificado, logo aparecerá outro 88,9.

— Ele bateu as botas faz dois meses, aposto que não se modificou ainda, pelo menos não totalmente. Vamos lá, Sophie! Não foi você mesma que disse que tudo isso é para um bem maior? E ele morreu, tudo que está na casa dele não pertence a mais ninguém. Aposto que um morto não se importa se mexermos no que ele não vai mais usar.

— Bom...

— Bem maior!

Suspirei derrotada. Não iria admitir com tanta facilidade que, desde o início, eu já estava certa de que iríamos de qualquer jeito, nem que fosse depois do horário proibido. Olhei-a.

— Quando?

***

A casa já tinha começado seu processo de renovação para o próximo 88,9 que devia estar por vir, ou seja, ela não era mais uma casa por inteiro, e sim um casebre feito de madeira velha e cheia de musgo. O seu interior fedia a mofo e estava totalmente úmido.

— Não consigo imaginar este lugar bonito, nem mesmo com ele vivo — falei com vertigem.

Tivemos que arrombar a porta, pois a casa não queria que entrássemos; afinal, estávamos invadindo. Mas, devido à sua fragilidade com toda a situação que passava, bastou um chute para a porta se desfazer. *Tudo bem, ela irá se renovar*, pensava otimista.

— Este lugar era lindo! — Ela abriu uma janela, que caiu. Sem jeito, minha amiga a encostou na parede. — Só está se modificando para o novo número.

— Como você sabe que este lugar era lindo? — perguntei maliciosa.

Ela me lançou um olhar preocupado, mas um sorriso travesso. Não soube interpretá-la.

— Que horas são? — perguntei, lembrando-me do meu compromisso.

— Sem estresse, amiga, são 15h30. — Ela observou um quadro com a letra Y e o número trinta e nove. — Seu conselheiro é ímpar!

— E daí? Muitos números têm conselheiros ímpares. Mas eu ando criando a teoria de que conselheiros não existem, eles são nosso próprio subconsciente.

— Sophie, cale a boca. Às vezes você cria teorias muito toscas.

— Ei! Eu não fui grosseira com você. Além do mais, como eles sabem onde é a nossa base? Se já sabem, por que não a atacaram ainda?

— Eu vou para o escritório dele para ver se encontro algo de útil. — Ela estava irritada ao extremo e o pior era que eu nem sabia o que tinha falado de errado.

Fui para o quarto e revirei tudo. Tirei todas as gavetas do lugar e atirei seu conteúdo pelo ares, sem me importar mais com o fato de aquilo ser permitido ou não. No seu bidê encontrei uma agenda com panfletos dentro e andei até o escritório olhando o achado. Escorei-me na porta enquanto a catorze lia uns papéis que logo atirava longe.

— Achou alguma coisa? — perguntou ela sem me olhar, revirando algumas caixas.

— Não sei. Vou ver se tem algo de interessante nesta agenda. A princípio, vi apenas anotações bastante comuns, como: médico às 15h e comprar pão... Mas foi quando cheguei mais perto da data de sua morte que achei algumas anotações curiosas, como: aula de teatro às 4h30 e aula de violão às 6h10.

— Por que antes ele usava o horário em 24h e depois em 12h? Na realidade, nenhum número que conheço faz isso. Até parece que tem compromissos de madrugada...

Foi com a última anotação que gelei.

Encontro com o número cinco.

— Clara — falei pasma.

Ela correu para o meu lado e eu apontei a anotação, logo lhe expliquei o detalhe do horário que ela sequer fez de conta ter ouvido.

— Ele falava com os ímpares... — Era evidente que ela estava espantada e seu olhar ansioso começou a percorrer todo o quarto novamente. Ela piscou e me olhou.

— Veja! Um número telefônico! — disse, quase surtando. — Acho que é do número cinco!

Clara correu para o telefone e logo o atirou no chão.

— Mudo.

— Nós temos que falar com alguém que conhecia o 88,9. Algum vizinho, talvez? É a única maneira de obtermos mais informações.

Clara pensou um pouco e pegou a agenda das minhas mãos. Ela olhou a página dos números telefônicos dos oitenta e oito.

— O único número oitenta e oito que ele não riscou de sua lista por ter desaparecido com Pitágoras foi o 88,09301. Deve ser o único número entre os oitenta e oito que está vivo. E ele mora lá longe.

— Vamos lá! — disse, correndo com a Clara no meu encalço.

Tivemos que andar várias quadras e, quando chegamos lá, não tinha ninguém para atender à porta.

— Tem certeza de que ele está vivo?

— Tem que estar — respondeu ela. — Ele teria riscado seu número na agenda, tenho certeza disso... Além do mais, eu o vi na reunião militar, ele assinou seu número antes de nós duas.

— Bom, então está em algum compromisso — gelei. — Que horas são?

Seu sorriso foi sem jeito.

— São 16h25.

Nem pisquei e já estava correndo. A estação de metrô mais próxima devia ser a dez quadras de onde estávamos e eu não corria rápido o suficiente. Corri o mais rápido que pude a maior parte do tempo que resisti, mas foi inevitável chegar muito atrasada. Quando entrei na sala de reuniões quase morta de cansaço, a coronel estava em pé falando.

— Marechal — ela disse, seguindo-me com o olhar enquanto eu me dirigia para minha cadeira. — Que horas são?

— São 17h10, coronel — ele respondeu alto para todos ouvirem.

— Ótimo. Como você chegou atrasada, general, seu voto será nulo.

— E posso saber em que vocês votavam?

— Votávamos na forma que essa guerra será dirigida — disse o marechal, contrariado.

— Deviam ter várias alternativas — observei.

— Não, apenas duas, para ser bastante exata.

Olhei para o marechal em dúvida e ele virou o rosto como se tivesse vergonha da decisão tomada por todos.

— A primeira alternativa era pesquisar e se basear na história quanto à melhor forma de atacar, criar estratégias etc. A forma tradicional e ultrapassada...

— E que dá certo — complementei.

— Ou a forma que nós vamos criar baseado nas nossas necessidades e direcionadas com o único objetivo de possuir o zero. — Ela estava satisfeita.

— E quem venceu?

— A segunda opção — respondeu o número oito. — Com um voto a mais.

— Isso não pode ser verdade! — Senti verdadeira indignação. — Tem muitas regras que devemos cumprir, como: é proibido atacar supermercados e hospitais. Escolas então! Precisamos pensar que a maioria dos números não tem culpa de nada! Devem ter sido renovados há pouco tempo como muitos de vocês! Essa guerra é mais antiga que todos nós. E o meu atraso...

— Não *ouse* — bufou a coronel.

Está bem, pensei, sentindo vertigem, mas aquele não era o momento certo para ser fraca e frágil. Esse momento nunca mais existiria.

— Nós não podemos inventar! Vocês já pensaram no fato de que, se existe uma forma que dá certo, é porque eles tentaram outras no passado que não deram? Gostariam que eles atacassem os abrigos onde pessoas inocentes, como crianças, estão alojadas? Onde está a compaixão?

— Este assunto já foi *encerrado!* Foi incompetência sua não estar aqui para se defender, assuma seu erro.

— Eu também tenho direito ao voto! — Não conseguia levantar a voz tanto quanto minha oponente, mas mantinha-me firme e estava certa de que todos me ouviam.

— Escute aqui, sua *pirralha!* Você sequer deveria estar em tão importante posto, então cale sua boca antes que eu faça isso por você. A decisão já foi tomada.

Ela ficou em pé, empurrando a cadeira com tanta força para trás que caiu. Devia ter entre trinta e trinta e cinco anos e era imponente, não porque a respeitavam, mas porque a temiam. Também fiquei em pé, mas acho que isso só deixou mais visível minha fragilidade naquele momento, sequer sei se meu rosto aparentava braveza.

— O fato é que tenho autoridade e você se sente envergonhada por dever respeito a uma menina de dezesseis anos. Pois saiba que sou superior dentro da hierarquia militar e tenho direito ao voto, não será você que me dirá o contrário. Medíocre.

— *Chega!* — Disse o marechal, ficando em pé e batendo na mesa. — Vocês duas estão gastando nosso tempo com essa discussão ridícula! Número quatro, o que foi decidido será cumprido, e 16,03, se não respeitar sua superior serei forçado a mandar prendê-la por desacato à autoridade.

Sentamo-nos sem desviar o olhar uma da outra.

***

— Você faz as buscas? — perguntou a catorze.

— Sim. — Coloquei uma uva na boca e a mastiguei bem devagar, sentindo-a se despedaçar. — Nós levamos bastante tempo para dividir as tarefas, mas foi dito bem por cima que os números de 12,5 a 25 ficarão sob meu comando. Não é certo ainda.

— Isso não é bom, não quero ficar na mesma ala que você. Precisamos espionar a 16,03.

— Talvez possa trocar com alguém.

Clara estava muito pensativa, como se tivesse alguma charada que precisasse desvendar. Eu não me sentia bem por ter discutido com a 16,03, mas não podia negar o fato de estar satisfeita por ter conseguido discutir com alguém que todos temiam. Estávamos em um dos quartos de que eu mais gostava da minha casa, onde havia tantos travesseiros que não se via as paredes ou o chão. Ronronando, Couve afofava uma almofada rosa.

— O que foi, Clara?

Ela pareceu acordar de um sonho profundo.

— Precisamos falar com algum amigo do 88,9.

— Ele fazia teatro — observei. — Vamos passar lá amanhã.

— Boa ideia! — Ela abriu os olhos cansados que estavam semicerrados. — Que horas são?

— Não sei, mas com certeza é tarde... — Olhei um relógio costurado em um travesseiro na parede. — Muito tarde! Quase meia-noite, melhor você ir para casa antes que os corredores comecem a balançar.

— Faltam cinco minutos para a meia-noite! Eu me nego a ir sozinha para casa.

— Está com medo?

— O toque de recolher sempre foi às 22h30 e eu não conheço ninguém que tenha saído depois desse horário.

— Mas ninguém vai ver, todos estão dormindo ou distraídos. Além do mais, não dá para enxergar nada pela janela — falei pensativa, mas logo ignorei esse pensamento.

— Sophie, você já pensou por que não podemos sair depois desse horário? Já pensou por que ninguém nunca fala sobre esse assunto?

— Sempre pensei que fosse para manter uma certa ordem social — disse. — Mas, realmente, ninguém fala sobre esse assunto. Quando fazemos festa, todo mundo é obrigado a dormir no salão ou só sair depois que amanhecer.

— E eu sempre achei que era para esconder algo.

— Lógico que você pensa que é para esconder algo, Clara. Tudo na sua vida se baseia em esconder coisas e depois encontrá-las.

— Estou falando sério, Sophie!

— O que poderiam estar escondendo?

Ela me olhou profundamente e suspirou decepcionada.

— Não faço a menor ideia... — Ela tentou sorrir. — Mas essa curiosidade ainda me mata.

Seu comentário irônico me deu calafrios.

— Bom, você irá dormir aqui em casa esta noite.

***

Dormimos juntas na minha cama de casal, por um lado porque queríamos conversar até o sono chegar de mansinho, e por outro porque Clara tinha medo de ficar sozinha. Couve estava adormecida a nossos pés e estava tudo bem, a tranquilidade ninava os nossos sonhos e então eu quase morri de susto quando o telefone tocou. Olhei para o objeto fazendo careta, somente Clara tinha meu número e ela estava ao meu lado.

— Alô? — Ouvi um soluço e alguém fungando do outro lado da linha. — Quem fala? — perguntei arrepiada.

— Sophie? — Era minha prima.

— Prima!

— Cadê você?

— Na base par — respondi, balançando a cabeça. — Mas você não entenderia. Eu não sei onde estou de verdade, só sei o que me disseram.

— Você está viva?

— Mas que tipo de pergunta é essa? Se estou conversando com você, é lógico que sim. Mas o que aconteceu comigo? Não me lembro de nada, simplesmente apareci em outro lugar.

Ela fungou um pouco, parecia pensar sobre o que dizer.

— Levaram-na, Sophie, arrastaram-na. Foi tão inesperado, ficamos tão desamparados.

— Tipo sequestro?

Ela chorou e não respondeu a minha pergunta.

— Como estão todos por aí?

— Arrasados.

— Calma, prima! Eu juro que vou voltar! Nada vai me impedir de vê-los novamente, e estou fazendo de tudo para descobrir como. Tudo voltará ao normal.

— Isso é demais para mim — ela sussurrou baixinho.

— Rastreie esse telefone! Quem sabe consegue me encontrar!

— Como quiser. Eu estou gravando essa conversa, se tiver algo a dizer.

— Família, amo todos vocês. Estou bem! Estou feliz! E logo vou voltar, não se preocupem.

— Vou desligar, amo muito você — disse ela.

Sentia que seu coração se partira em um milhão de pedaços e eu só queria estar lá para consolá-la.

— Também amo você.

Coloquei o telefone de volta no gancho e fiquei olhando para o nada. Não sabia se estava feliz ou triste, não sabia o que pensar. *Fui sequestrada?* O que estava acontecendo na minha vida? Afinal, onde eu estava? Em que planeta estava? Teria sido sequestrada? Ela disse que fui levada e não confirmou nada a respeito de sequestro. O que tinha acontecido? Por que eu não me lembrava? Por que eu não envelhecia? Por que o tempo não passava? Eu devia ter vinte e um anos, mas continuava com dezesseis. Ficaria lá para o resto da eternidade sem nunca mudar?

— Quem era? — A catorze estava acordada.

— Minha prima.

— *Quê?*

Contei-lhe tudo desde a minha primeira ligação e todas as minhas reflexões.

— Isso é muito difícil. Você foi sequestrada?

— Eu não sei, Clara, sinto que tem algo de errado. Não acredito ter sido um sequestro, veja a forma que ela falava. Se eu tivesse sido sequestrada, ainda haveria esperanças, mas ela chorava de uma forma tão terrivelmente desolada. Como se nunca mais fôssemos nos ver na vida.

Minha amiga me abraçou e eu chorei em seu colo. Não entendia o que estava acontecendo. Não conseguia me lembrar de nada, a frustação tomava conta de todo meu ser. Não queria sofrer, mas era como se eu fosse o sofrimento encarnado naquele instante.

Capítulo 5

Levantei alguns minutos antes de o Sol começar a sair e tomei café da manhã. Depois disso, fiquei vagando pela casa, perdida em pensamentos muito profundos sobre tudo que tinha acontecido na minha vida desde então. O estranho não era só minha dificuldade de me recordar da família e dos acontecimentos da antiga vida, eu sentia que também não conseguia me lembrar inteiramente da minha vida no Mundo Numérico. Como se alguém tivesse aspirado minhas memórias, como se eu tivesse dormido grande parte do tempo. Não só no mundo que eu conhecia, mas aqui. Senti que estive sempre adormecida. Senti que continuava adormecida. Senti que precisava acordar.

Às 10 horas da manhã, encontrei a catorze comendo bolo de chocolate na cozinha.

— Bom dia — falei, me sentando ao seu lado, e ela grunhiu.

Comemos juntas e não perdemos tempo para ir desvendar o mistério da morte do 88,9. Ambas estávamos curiosas e, desta vez, não era só Clara que sentia a necessidade de se distrair.

Chegando mais uma vez no único vizinho vivo do 88,9, batemos à porta. Dessa vez, alguém tinha que aparecer, algumas janelas estavam abertas e havia uma luz acesa no sótão.

— Tem alguém em casa? — berrou minha amiga, perdendo a paciência.

A porta se abriu sozinha com um clique, como se nos convidasse a desvendar o mistério do morador desaparecido. Cogitei a possibilidade de sair correndo, mas não podíamos perder aquela oportunidade. Nunca tinha visto uma casa abrir a porta para outros números senão o seu próprio, algo estava muito errado.

Andamos pelos três andares do local chamando o morador e olhando em volta, sem mexer em nada. Terminamos no seu escritório, que ficava no primeiro andar. Clara se sentou na escrivaninha muito frustrada e me olhou.

— Não sei o que está acontecendo.

— Pensei que gostasse de mistérios — disse travessa, percebendo quanto ela estava aflita.

— Sim, eu adoro mistérios. O problema é que preciso de algo mais palpável. Algo que possa... — Ela foi ficando cada vez mais assombrada focando o olhar em algo que estava atrás de mim, e eu logo pensei ser um fantasma, um monstro ou, no mínimo, o inquilino muito irritado. Ela se levantou e andou para a estante atrás de mim e pegou um objeto que achei bastante curioso. — Isso aqui...

Vi lágrimas em seus olhos, mas ela logo espirrou e limpou-as com um lenço. Tratava-se de uma figura metálica metade Sol, metade Lua. Era plana e igual dos dois lados, presa em um semicírculo que permitia girar a imagem, como a base de um globo.

— Eu acho que vi algo parecido na casa do 88,9 — observei e ela me olhou muito tensa.

— Mas o que esse objeto tem de tão importante?

Sua expressão foi de verdadeira dúvida, como se tivesse esquecido o que estava acontecendo.

— Não sei... Não consigo me lembrar... — Ela bateu a mão na testa irritada. — Desgraça, sinto como se alguém tivesse sugado minha memória.

— Quanto mais insistir no mesmo pensamento, mais ele irá fugir. Tem que relaxar e então a lembrança vem.

— Bom, acho que precisamos fazer alguma coisa porque o 88,09301 desapareceu ou está fugindo de nós.

Ela não me respondeu e olhava fixamente o objeto, como se ele a tivesse hipnotizado. Balancei a mão na frente de seus olhos; pensava que era brincadeira, mas ela não reagiu, me deixando verdadeiramente preocupada. Eu a levei para o sofá da sala, onde a balancei e chamei por seu nome. Nada houve.

Tirei o objeto de suas mãos e ela saltou para trás assustada, continuava hipnotizada, seu olhar vidrado. Não soube como reagir, ela estava me assustando. Dei-lhe um copo de água, que ela bebeu sem dizer nada.

— Clara, acorde.

— Estou dormindo...

Olhei para a imagem em minhas mãos. A Lua estava do lado do semicírculo e uma ideia engraçada passou pela minha cabeça. Colocando o objeto em suas mãos novamente, girei a figura até o Sol ficar ao lado da haste que o prendia e, aos poucos, minha amiga foi focando o olhar, até que me encarava com pavor.

— O que houve?

Contei-lhe tudo, tentando não rir de sua expressão, e ela foi ficando cada vez mais sorridente.

— Isso é demais! Clara, acabamos de conseguir algo que vai nos ajudar muito a vencer a guerra. Tenho certeza de que esse objeto deve ser muito poderoso! — Ela bateu a mão na testa. — Só não lembro por que eu penso isso!

— Calma, logo a lembrança aparece.

Ela se levantou decidida.

— Não temos tempo, vamos à procura do 88,09301.

Passamos nas casas vizinhas mais próximas, como sessenta e seis e setenta, mas ninguém conhecia o 88,09301. Diziam já tê-lo visto alguma vez ou talvez pensaram tê-lo visto, ninguém sabia ao certo.

— Não sei, tem alguma coisa muito errada — refletiu Clara. — Primeiro a casa dele simplesmente permite que a gente entre, sequer o conhecemos! Depois esse objeto que me intriga de uma forma incompreensível. O que está acontecendo?

Chegamos em casa às 12h30 e Couve veio exigir seu almoço. Almoçamos em um silêncio de muitos pensamentos. Ambas refletíamos sobre tudo que acontecera até então e pensamos na magnitude do mistério que nos assombrava.

— Estou sendo corroída por dentro — disse a catorze, enfim. — Que curiosidade cruel! É algo inacreditável. Não sei o que está acontecendo.

— Calma, sem pânico. Acredite, entendo perfeitamente o que você sente, mas precisamos manter a frieza. Vamos ao teatro assim que terminarmos a refeição, alguém deve ter alguma coisa para nos dizer.

— Tudo bem, você tem razão. Não tem como não saberem de alguma coisa. Faz dois meses que ele faleceu — ela dizia para se acalmar, mas sabia que isso só a deixava mais insegura. Nos entreolhamos e deixamos a refeição inacabada depois de trocar pensamentos.

No palco do teatro, pessoas ensaiavam uma peça dramática, três personagens choravam, dois estavam mortos, um empunhava uma espada mostrando seu poder e a mocinha chorava desolada sobre o corpo de seu príncipe.

Paramos em pé ao lado do diretor, que observava muito atentamente a atuação de seus alunos e fazia anotações.

— Olá, podemos falar com você um instante? — perguntou Clara muito educadamente.

— Não — respondeu ele, sem sequer nos dirigir o olhar. Ele tinha um bigode bem fininho e uma boina francesa. Usava calças coladas e não tive dúvida de sua nacionalidade. — Estamos muito atarefados, mais tarde. Muitos ensaios.

— Senhor, é sobre a morte do 88,9 e desaparecimento do 88,09301 — falei, e ele nos direcionou um olhar espantado. Quando viu que eu era a general, não se demorou em levantar e fomos para a sua sala, onde teríamos privacidade.

— O que desejarem — ele fez uma leve mesura e logo se sentou atrás de sua grande mesa de carvalho. — Eu sou o 32,487.

— Eu sou a catorze, e minha amiga, a general. Queremos saber a frequência do 88,9 nos seus ensaios.

— Zero, nunca o vi na vida.

Clara e eu nos entreolhamos.

— O senhor tem certeza? Há quanto tempo está aqui no teatro? — Peguei a agenda do 88,9 da minha mochila e entreguei a ele para ver os horários das aulas.

— Absurdo, nós não ensaiamos de madrugada.

— Ele usava o horário em 12h, acredito que seja da tarde.

— Que bobagem, ninguém faz uma coisa dessas, ainda mais nós, números. Não conheço ninguém que use o horário em 12h, isto é madrugada, sim. Posso garantir. Além do mais, estou aqui faz mais de quatro longos meses, coordeno tudinho e sei o número de cada um que coloca um pé aqui dentro.

— Existe outro teatro na cidade? — perguntou Clara.

— Que funcione, nenhunzinho. Claro que existem os outros que estão inativos, mas não são importantes.

— Quais? — insisti.

— O teatro ímpar, logicamente, e o grande teatro onde os pares e ímpares competiam na época de paz. Claro que ninguém usa nenhum dos dois. Então só o meu teatro funciona.

— Mas... Não faz sentido! — reclamou Clara.

— O senhor sabe alguma coisa sobre o 88,09301? — questionei.

Ele negou pensativo.

— Acho que já o vi algumas vezes.

— Alguma observação que nos possa ser útil?

— Bom, ele era um tipo bem normal. Mas, na última vez que o vi, estava bastante ansioso. Parecia não dormir há muito tempo.

— Que estranho — disse Clara. — E quando foi que o viu pela última vez?

— Uma semana, no máximo.

Saímos de lá mais confusas do que quando entramos. Todas nossas certezas pareciam ter evaporado, voltamos à estaca zero. Sentamo-nos na praça próxima ao teatro e lá ficamos sem fazer nada, olhando para o chão.

— O Mundo Numérico está louco — concluiu Clara pensativa, suspirando profundamente.

Abri a agenda novamente e alguns panfletos caíram no chão. Juntei-os e, quando os organizava dentro da pequena caderneta, fiquei pasma, porém, nada disse.

— Onde acha que os ímpares estão? — perguntei.

— Estou começando a achar que moram do outro lado do meu muro. A base deles deve ficar muito próxima da nossa.

— Mas eu nunca vi nada em anos de busca.

— Ninguém é perfeito... — Dei uma risada um tanto descontrolada.

— O que foi?

— E se eu lhe dissesse que os ímpares estão na mesma base que a gente? — Mostrei-lhe o panfleto e seus olhos ficaram enormes. Ela sorriu e, mais uma vez, secou uma lágrima, nada disse.

Os panfletos diziam os dias e horários dos ensaios do teatro ímpar.

— Mas, de qualquer forma, por que alguém iria preferir ficar do lado dos ímpares? Suspeitamos que tenham matado vários pares.

— Não foram vários, foram sete em três anos.

— Uma vida perdida já é muito — reclamou ela.

— Verdade — afirmei.

Ela sorriu.

— Tudo faz sentido. O toque de recolher, os horários de madrugada — ela falou com muito prazer, como se fosse um alívio me contar aquilo, e cada palavra me causava um arrepio na espinha.

— Mas é tão lógico...

— E tem mais uma coisa que esquecemos de dar atenção! Temos o número telefônico do cinco.

— Vamos ligar para ele! — disse pensativa.

— Enlouqueceu? "Alô? Número cinco? Aqui é a catorze; sim, sou par. Gostaria de saber se você matou o 88,9" — ela me imitou com escárnio.

— Desculpe-me! — disse espantada com sua reação. — O que quer fazer, então?

— Temos que encontrar o 88,09301.

— Que droga, esse cara está nos atrasando. Onde ele pode estar, afinal? Minhas opções acabaram.

Ela deu de ombros.

— Vamos procurá-lo por mais um tempo e depois podemos dormir na minha casa. Quem sabe não desvendamos o mistério do toque de recolher hoje.

— Está bem, fazer o que, né? — Levantamo-nos e fomos em busca do desaparecido.

***

Já eram 19 horas e nosso último palpite era a bibliotecária, que não sabia de nada. Sentamo-nos a uma mesa e eu me esforcei para não deixar a cabeça cair para trás.

— Estou exausta! — reclamei.

— Ninguém sabe de nada! — Exclamou minha amiga frustrada, batendo na testa. — E ainda sinto que estou esquecendo de alguma coisa, algo que eu *sei*!

— Não seja tão pessimista. Os policiais disseram como os números morreram, talvez seja uma informação útil. O 88,9 morreu queimado.

— E daí? Os ímpares são cruéis.

— E o 88,532, que morreu antes do 88,9, foi afogado.

— Como eu disse, cruéis.

— Estranho! Perceba que todos que morreram foram: queimados, afogados, apedrejados ou com uma queda. Por que eles simplesmente não esfaquearam ou deram um tiro? — questionei.

— Cruéis, cruéis, cruéis!

— Ah, você não está querendo colaborar! Qual o seu problema?

— Meu problema? Quem sabe alguns morrem? Não temos pistas razoáveis e eu sinto isso... Essa coisa na minha cabeça, como se eu escondesse algo de mim mesma. Oh, céus! — Ela apertava a cabeça entre os cotovelos, realmente sofria. Então me olhou. — Vamos lá naquela sala, na mágica!

Corremos para lá imediatamente.

— Abra você — disse Clara.

— Por que sempre eu?

Ela suspirou e abriu a porta, tateando a parede, tentando controlar o medo de algum tentáculo agarrá-la. Eu ri de sua reação e logo a luz se acendeu. Ela me fuzilou com o olhar. Assim que entramos e a porta se fechou, apareceu a escritura.

Nós nos entreolhamos e eu encostei na parede, correndo para o centro do círculo rapidamente, crente de que a sala pegaria fogo. Nada aconteceu.

— Fiz algo errado?

Ela sorriu e se adiantou para fazer o mesmo que eu. Andou em volta da sala e tocou em um ponto específico. Já estávamos agarradas no centro da esfera com medo de virar churrasco. Aquele vento forte quase nos arrastando para o espaço sideral me deixava apavorada, mas tentei me tranquilizar, em poucos segundos, tudo voltou ao normal. No local que fora tocado, uma nova escritura surgiu.

"A vida não se vive em apenas um sentido,
mas em vários
Pessoas morrem por suas próprias causas
A guerra se organiza e em breve tudo será desvendado"

Fiquei abobada refletindo sobre o que acabara de ler e me assustei quando Clara explodiu de raiva.

— Por que essa escritura não está do lado da primeira?

— Não sei, talvez tenha alguma coisa no meio — observei, tentando acalmá-la.

— Não! Devia estar do lado! Eu quero sair.

A porta se abriu e deixamos a sala. Ela estava tão irritada que sequer tentei dizer qualquer coisa, ela iria arrancar minha cabeça fora se dissesse algo errado. Então fomos para sua casa e dormimos.

***

— Acorde, Sophie! — dizia Clara me balançando e eu me virei. — Acorde!

Abri os olhos, que pareciam cheios de areia, as pálpebras doeram e meu corpo pesava mais de uma tonelada.

— Que horas são?

— Faltam quinze minutos para as quatro da madrugada! Venha logo.

— Não podemos fazer isso outro dia? Fizemos tantas coisas ontem e eu acordei tão cedo. Quem sabe amanhã? — Voltei a fechar os olhos e já sonhava.

— Não! Levante, sua ameba!

— Não!

Ela fez o pior ato de crueldade que eu poderia imaginar, arrancou minhas cobertas e as jogou do outro lado do quarto. O ar frio da noite me envolveu e me encolhi.

— Eu odeio você — falei, tentando lutar contra suas mãos que me puxavam, mas eu estava sem forças.

— Vamos logo! Vista-se!

— Não, eu vou de pijama — disse, me sentando na cama com cabelo no rosto e bastante irritada. Neguei-me a largar o travesseiro que abraçava.

— Como quiser.

Fomos para o corredor. Por várias vezes tropecei por causa do movimento da casa, que parecia o de um avião passando por uma turbulência.

— Que saco! Não quero mais saber de mistério nenhum!

— Que bom para você — ela disse, arrancando de mim o travesseiro e o atirando longe.

— Sério, eu odeio você — falei realmente raivosa.

— Como você é insuportável quando acorda!

— Eu sou insuportável quando me irritam — disse e fez-se silêncio quando chegamos à porta de entrada. Olhamos um pouco em volta, como se esperássemos que algum animal nos atacasse. Fiquei pensando por que ela era ar e por que eu era água. Que sentido isso fazia?

— Eu vou abrir — ela disse, colocando a mão na maçaneta. — Está preparada?

Pisquei, tirei remela e cocei a barriga.

— Pode abrir — disse, colocando uma perna mais para frente, como se fosse empurrar algo pesado.

Assim que ela o fez, não tive tempo de reagir. Uma corrente de ar tão forte nos atingiu que devo ter voado a mais de seis metros de distância até conseguir parar. Clara conseguiu se segurar e por isso não voou, mas estava flutuando. Com muito esforço, ela conseguiu se movimentar de forma a ficar com as pernas apoiadas na parede, então se impulsionou para conseguir fechar a porta. Pensei que ela não fosse conseguir. No mesmo instante, caiu no chão com força e reclamou de dor.

Arrastamo-nos para o quarto novamente e, deitadas na cama, eu sentia meu joelho e meu ombro doerem.

— Eu falei que não queria ir.

— Mais uma palavra e bato em você! — Ela me ameaçou de olhos fechados.

— Eu falei — disse, antes de cair no sono.

***

O dia seguinte fora muito trabalhoso. Tivemos de reunir toda a cidade para poder dividi-los e organizá-los. A ideia anterior era falha, pois existiam muito mais números de dois a dez do que de cinquenta a sessenta, por exemplo.

Então cada número pôde decidir onde queria atuar. Eles numeraram suas alternativas de um a oito, a área que numerassem com o número um era a mais desejada, e a com número oito, menos desejada. A cidade, com seus poucos 497 habitantes, não estava muito populosa, mas era o suficiente para deixar todos os oficiais malucos.

As áreas de atuação eram:

- Estratégias de ataque (marechal)
- Busca e reconhecimento da área (eu)
- Tecnologia bélica (coronel)
- Comunicação (tenente-coronel)
- Aula de luta (major)
- Aula de tiro (capitão)
- Aula de sobrevivência (1º tenente)
- Enfermaria (2º tenente)

Clara colocou tecnologia bélica como sua primeira opção e busca e reconhecimento como última. Ela desejava espionar a coronel, que era sua principal suspeita.

Demoramos uma semana inteira para aprontar tudo e eu pensava seriamente em abdicar meu cargo. Logicamente, jamais faria isso, mas estava exausta e não podia deixar de pensar na possibilidade.

— Fui recrutada para tecnologia bélica! — Clara me contou, pulando de felicidade.

— Que legal, agora pode espionar a 16,03.

— Sim! — disse ela, cantarolando.

— Por que está tão animada com isso? Acha a situação divertida?

Ela concordou com a cabeça, esboçando um enorme sorriso, eu ri. Ela, que sempre fora pacifista, agora estava animadíssima com a idea de estar no exército. Outro número a chamou do outro lado do refeitório e eu terminei meu almoço sozinha.

Eu não podia negar minha curiosidade por tudo que estava acontecendo e um certo prazer por poder mandar nos outros, sendo obedecida e respeitada. Porém, me desgostava com o fato de estar sempre discutindo com a coronel e me sentia vertiginosa ao ver pessoas de *todas* as idades segurando armas.

Em uma tarde que tive livre, decidi sair para correr e tive uma ideia brilhante, que era óbvia.

— 9,01 — disse alto. — Preciso falar com você.

Estava parada ao lado de um bebedouro na praça e não o vi olhando em volta, o que me fez sentir um aperto no peito, mas, quando me virei, ali estava ele.

— O que aconteceria comigo se o matassem? — perguntei logo que o vi.

— Você morreria também — respondeu ele.

— Mas existem números que não têm conselheiros. Como eles podem estar vivos?

— Todos os números têm conselheiros, sem exceção. Só que o conselheiro deles é diferente.

— Diferente como?

— Não sei, não é o meu caso — disse ele, andando para um banco na praça.

— Como você consegue vir me visitar se é ímpar?

— Segredo — disse ele, e notei suas enormes olheiras e como estava exausto.

— Não adianta mais se passar por presunçoso comigo, 9,01. Eu sei que você não é o máximo e sei que os ímpares estão na mesma cidade que nós, pares. Aqui, junto de nós.

Por um momento ele ficou sem reação, mas logo retomou a sua postura.

— Minha missão é aconselhá-la, não ficar dando satisfações da minha vida. Não somos amigos.

— Vocês também estão se preparando para a guerra? Você nos espiona para passar informações militares à sua base? Sabe quem matou o 88,9 e onde está o 88,09301?

Ele se surpreendeu levemente com a última pergunta, mas logo respondeu.

— Você não é nem um pouco prudente. — Seu olhar cansado dizia quanto fora maltratado e sentia rancor, talvez até um pouco de cobiça, mas principalmente tristeza. — Não somos amigos, não deve confiar em mim.

— Não diga isso! Se não posso confiar no meu conselheiro, em quem confiarei? O que houve com o senhor? Era amável...

— A vida fez isso comigo... — Ele se irritou, mas manteve o tom de voz. — Não me julgue mal... Foi realmente a necessidade que me fez assim. Da mesma forma que você é general, eu sou marechal. Todos nos sentimos cansados e somos obrigados a lidar com situações um tanto complicadas. Contra nossos princípios... — Ele suspirou profundamente.

— Mas e o 88,09301? Ele sumiu faz algum tempo e ninguém sabe onde está! Estamos tratando de uma vida, você não a valoriza? E como sabe que sou general?

— Escute, estou com tantos problemas quanto você. — Ele uniu as sobrancelhas. — Você está investigando a morte do 88,9... E também o desaparecimento do 88,09301, correto?

Concordei e percebi em seu olhar que pouco sabia. Ele desejou fazer uma pergunta, mas se conteve com todas suas forças, talvez fosse muito comprometedora para os ímpares.

— Já notou que não existe quase nenhum número exato que é conselheiro?

— Não — respondi.

— Você sabia... — ele deixou o ar escapar pela narinas indeciso, mas continuou: — Que os números com vírgula não são pares nem ímpares? Não por inteiro.

Fiquei perplexa, então o que eles são?

— E eles sabem disso?

— Poucos. — Ele se aproximou e olhou desconfiado para os lados. — Os que sabem são conselheiros.

Isso fazia total sentido.

— Agora preciso de ajuda — ele disse suplicante.

— Pensei que não fôssemos amigos.

— Não somos, é uma troca de favores.

— Se não posso confiar em você, também não deveria confiar em mim. Nunca disse que iria ser recíproco. — Eu me levantei e fui andando para a calçada, ele correu atrás de mim.

— Não seja cruel! Você é a única para quem posso pedir ajuda, e acredito que é por sua culpa que estou preso aqui.

Passei e olhei-o profundamente nos olhos. Realmente precisava de ajuda, estava sendo sincero.

— O que eu fiz?

— Roubou minha chave. — Ele estava com a voz trêmula, o assunto era muito delicado para ele.

— Por que não me procurou mais cedo?

— Só posso falar com você se desejar minha presença. Já estava ficando desesperado.

— Eu não sabia...

— Você não sabe de nada, sua ignorância me irrita.

— Não tenho culpa! Ninguém me ensinou esse tipo de coisa, você devia ter feito esse favor para si mesmo.

— Será que podemos conversar em sua casa?

— Sim, mas antes preciso passar na casa da catorze, combinei de vê-la depois de correr.

— Como quiser.

Assim fizemos. Ao chegar na casa da catorze, o 9,01 pareceu meio incomodado, mas nada disse. Quando Clara abriu a porta, sua cara de tédio se transformou em surpresa e alegria instantaneamente. Ela sentira tanto minha falta?

— Você achou o 88,09301! — Ela pulou feliz para perto de nós.

— Como assim? — perguntei, olhando em volta.

— Esse velho aí! — disse ela, sorrindo. — Foi ele quem assinou o nome do 88,09301 na minha frente no caderno de chamada na base militar. — Ela uniu as sobrancelhas. — De onde você saiu? — questionou a ele. — Estava escondido embaixo de uma pedra? Procuramos você por muito tempo.

— Eu não sei do que está falando, sou o conselheiro da número quatro, 9,01.

— Você é ímpar — disse ela, pensativa e um tanto confusa. — Como vem para a nossa base?

— Clara, já fiz muitas perguntas a ele, mas precisamos ficar em um lugar mais seguro para conversar. Vamos para minha casa e no caminho lhe conto toda a história.

Enquanto andávamos, eu narrava tudo que ocorrera e ela olhava-o ameaçadoramente, balançando a cabeça por vezes. Chegando à minha casa, nos sentamos na sala de estar e, quando viu o objeto com a imagem do Sol e da Lua, se precipitou para pegá-lo, mas Clara, bastante alerta, o pegou primeiro.

— Por que isso é importante? — perguntou ela um tanto maldosamente girando a imagem e tomando o cuidado de não deixar a Lua no lado da haste. — Fale a verdade, queremos saber tudo.

— Eu não...

— Se você não for falar, pode sair agora mesmo da minha casa — disse e ouviu-se a porta da frente se escancarar, e não demonstrei surpresa com a reação da casa.

— Eu, que tenho a verdade de conselheiro, devo cumprir com minha missão. No meu primeiro dia neste mundo estranho, falei com Hipotenusa e ela me explicou quem eu sou. Ela disse que os pares e ímpares sempre brigaram desde que passaram a existir, mas que um não existe sem o outro. Foi quando me falou do portal, suas regras e me deu esta "chave". — Ele apontou para o objeto nas mãos da Clara. — Eu não sabia como iria saber quando você me chamasse, mas os Catetos disseram para eu não pensar nisso, seria algo natural. Quando vim para o mundo par pela primeira vez, a procurei por horas, mas somente quando pronunciou meu nome pude encontrá-la.

— Mas isso significa... — Eu me arrepiei. — Que você tem que passar a sua vida inteira me procurando... Quanto tempo me procurou até o dia de hoje?

— Depois que lhe dei a gata, eu sabia que poderia viver em paz por algum tempo, esse tempo durou cinco anos. Mas no último ano minha vida se baseou em buscar você, e a necessidade era tamanha que fui forçado a ser alguém aqui. Roubei a identidade deste número, me inseri na sociedade. Aquela casa... Ela me odeia! Vive atirando minhas coisas pelos ares e já perdi a conta de quantas vezes tentou me matar.

— E por que começou a me procurar?

Ele olhou para a mesa de centro onde estava o prato de biscoitos que me dera cinco anos antes, deu um breve sorriso e comeu um.

— Eu sentia que precisava... Não sei explicar, é apenas algo que sinto muito forte.

Clara olhou-o com cara de dúvida.

— Como pode se mudar para cá se é marechal? Deve ter muitas tarefas.

— Por isso estou desesperado! Vivia indo e vindo, mudando de pares para ímpares e vice-versa! Desde que vocês me roubaram, não pude voltar.

— Você está levando informações militares nossas para os ímpares? — questionei.

— Não! Como eu poderia saber de qualquer coisa se vocês estão apenas se organizando? Além do mais, precisaria ser algum oficial para ser informado de algo tão importante.

— E por que mataram o 88,9?

— Nós não matamos ninguém! A minha pergunta é: por que vocês mataram o trinta e nove?

— Não fizemos isso! — respondemos, Clara e eu, em uníssono.

— Escutem! Eu não sei de tudo! Já falei o suficiente, me deem a chave — ele esticou o braço para Clara.

— Não — falei um tanto indecisa. — Façamos um acordo. Você nos leva para o mundo ímpar e então lhe devolvemos a chave.

— O que vocês querem no mundo ímpar?

— Não é da sua conta! — respondi, e Clara sorriu para mim.

***

Eram 22h25 quando arrombamos, discretamente, a porta da biblioteca. Meu coração estava acelerado e Clara sorria felicíssima com a situação. Fechamos a porta e nos deparamos com a escuridão; por alguns segundos, ficamos a ouvir nossas respirações descompassadas até que meu conselheiro nos guiou.

Ele estava bastante taciturno, pois se sentia contrariado ao se ver obrigado a nos levar para o mundo ímpar, mas nada podia fazer, era a única forma de ele conseguir o que desejava. Subimos as escadas e, então, chegamos à sala esférica, a porta logo se fechou e as escrituras apareceram.

— Este é o portal — ele olhou para seu relógio de pulso. — Entregue-me a chave, catorze.

Ela deu-lhe o objeto sem pensar duas vezes e vi um brilho diferente em seu olhar. Parecia que ela estava prestes a sair voando de animação enquanto eu tentava controlar minha pulsação.

— Fiquem no centro do círculo de mãos dadas — disse ele, e assim fizemos. — Não soltem por nada neste mundo. — Seu olhar preocupado fez minha respiração ficar ofegante, e Clara apertou minha mão direcionando-me um olhar confiante. *Vai dar tudo certo*. Por um momento não soube se este pensamento era meu ou dela. O que importava? Estava prestes a viver a situação mais aterrorizante da minha vida.

Ele encostou em dois pontos da parede com a ponta do indicador direito em lados opostos. Rapidamente, correu para junto de nós e pediu-nos para nos segurar ao cinto em sua calça de forma a ser impossível soltar, uma gota de suor escorreu pelo seu rosto e eu olhei assustada para minha amiga.

Ele olhou o horário mais uma vez e então levantou o objeto com os braços acima de nossas cabeças. Esticando um dedo, fez a figura girar três vezes; na terceira volta, ela passou a girar sozinha, cada vez mais rápido. Isso durou, aproximadamente, cinco segundos, e então tudo começou a acontecer. A esfera pegou fogo, o espaço sideral surgiu acima e terra vermelha abaixo.

Então senti como se o chão tivesse derretido, pois afundamos alguns metros até que notei que isso funcionaria como um trampolim. Íamos em direção do espaço sideral tão rápido que fui forçada a largar a mão da catorze para poder me segurar melhor nas calças do homem. Meu rosto estava abaixo de seu joelho e, apesar de não ter vento, podia sentir o movimento perfeitamente.

Quando pensei que seria meu fim, que não poderia mais segurar e que me perderia para sempre no universo, começamos a cair. Não que isso fosse melhor, mas tive uma fração de segundo para poder me prender melhor ao cinto, e então meu rosto estava no ombro do meu conselheiro e eu dei uma joelhada em sua cabeça sem querer.

Eu realmente adoraria descrever-lhes a vista. Afinal, devia ser um local um tanto curioso, já que não é comum ir para o espaço sem roupas apropriadas ou sequer uma máscara de oxigênio e voltar vivo. Mas lamento informar-lhes que estive de olhos fechados o tempo inteiro e que sequer pensara nisso na época.

Então caímos em uma superfície elástica que afundou vários metros. Quicamos algumas vezes até perdermos força e então o chão voltou a ser sólido. Bati a cabeça violentamente no chão e fiquei tonta, sem conseguir me levantar.

Fiquei deitada por longos minutos, tentando sentir meu corpo, mas ele simplesmente não obedecia aos meus comandos. Finalmente, meu braço deu um soco no nada como se tivesse acordado e eu pude me levantar. Quando assim fiz, meu joelho, já machucado, reclamou de dor. O 9,01 sumira e a catorze estava estendida no chão da mesma forma que eu. Não pude evitar de dar um sorriso. *Não tem graça*, pensei.

— Clara, Clara... — chamei-a sem muito ânimo.

Ela levantou a cabeça e percebi que estava com dificuldades para controlar o próprio corpo também, pois, quando levantou a cabeça, deu uma cabeçada no chão que me pareceu proposital. Então ela me olhou com cara de dor e riu, fazendo as costelas doerem.

Depois de algum tempo conseguimos nos recuperar e, finalmente, saímos daquela sala. No banheiro da biblioteca, Clara virou a sua blusa ao contrário, pois era branca e estava toda preta nas costas. Meus cabelos estavam chamuscados nas pontas, e meu joelho, com um roxo enorme.

— Nós temos que ser alguém — falei.

— Eu quero ser a treze — disse Clara rapidamente, como se competisse.

— Não acha perigoso sermos números inteiros? Afinal, eles são tão comuns... Temos que tomar cuidado para não escolher um número que já exista.

— Não temos como adivinhar. A chance de existirem mais números com vírgula é maior porque, afinal, existem muito mais números com vírgula do que inteiros! Na realidade, os números com vírgula são infinitos, enquanto os inteiros vão somente até cem.

— Bem pensado... Nesse caso, eu sou a três, e você, a treze.

— Vão rir de nós com essa rima — ela disse sorrindo e tirou sua corrente. Fiz o mesmo e guardei-a no bolso.

— Espero que ninguém perceba que estamos desnumeradas... — suspirei cansada e preocupada.

— No momento não podemos fazer nada. — Ela se dirigiu à porta.

***

Eram 8h30 e eu estava exausta. Paramos em uma cafeteria e pedi um cappuccino.

— Vocês são somas novas? — perguntou o atendente, sorrindo nervosamente.

— Nem tanto — disse Clara e me olhou.

— Faz dois meses... — disse em dúvida.

Ele concordou sorridente, e Clara me chutou por baixo da mesa.

— Eu sou o 11,986107, e vocês?

— Treze.

— Três.

Ele deixou escapar uma leve risada e derramou um pouco do meu café na mesa. Limpou rapidamente e perguntou se queria que trouxesse outro. Neguei sorrindo, mas me sentindo incomodada com aquele jeito irritante que ele tinha.

— Perdão. É engraçada a combinação de seus números, treze e três. Com licença — ele disse, saindo sem jeito.

Entreolhamo-nos e eu bebi um gole do meu café.

— Por esse motivo, eu jamais conseguiria agir como um número com vírgula — concluiu Clara baixinho, bebendo um gole de sua bebida para abafar o que dissera.

Eu detesto café. É nojento, tem gosto ruim, faz com que me sinta estranha... Tudo de ruim, mas, no momento, foi como uma dádiva, e eu senti que poderia aguentar mais algum tempo acordada.

— E agora? — perguntei enquanto andávamos sem um rumo muito certo, ou pelo menos eu achava isso.

— Vamos falar com o número cinco, claro! — disse minha amiga e dobrou abruptamente à direita. Deparamos-nos com uma casa azul que parecia ser dos anos cinquenta, não sei o motivo, mas assim pensei. Clara tocou a campainha impensadamente e eu dei-lhe um tapa.
— O quê? — perguntou ela irritada.

— O que vai falar para ele? — questionei grosseiramente.

— Ah — ela empalideceu. — Vamos sair daqui antes que ele...

A porta se abriu. Fiquei chocada.

Ele devia ter, aproximadamente, vinte anos de idade. Seus olhos eram de um azul profundo, tão escuro quanto o fundo do mar. Seus cabelos negros caíam-lhe nos olhos perfeitos. A pele clara, um tanto rosada nas bochechas. Ele era uns dez centímetros mais alto que nós, usava calça jeans escura e uma camiseta cinza. Tinha o colar com o número cinco à mostra e os pés descalços.

— Oi — ele disse, sorrindo, seus dentes perfeitamente brancos e alinhados. O hálito tão agradável quanto as flores da primavera. Eu estava enfeitiçada e a Clara não muito diferente de mim, talvez até com a boca aberta.

— Humm — disse, olhando-o.

— Vocês... — ele riu. — Quanto vocês são?

— Eu sou a treze — respondeu Clara, se recuperando rapidamente. — E esta é a qua... Três — ela se corrigiu rapidamente e sorriu.

— Oh! Finalmente alguns números exatos! — ele disse, olhando profundamente nos olhos da Clara e eu senti ciúmes. Logo ele me olhou. — Há quanto tempo estão aqui?

— Dois meses — respondi.

— Como nunca as vi?

— Nós... Hum... Eu sei lá! — disse Clara, rindo.

Ele concordou com a cabeça arqueando uma sobrancelha.

— Pois é... Vocês têm algo a dizer ou somente vieram para fugir um pouco dos números com vírgula?

— Ah! — disse Clara, abrindo demais seus grandes olhos negros. — Viemos conhecer o famoso cinco! Você é tão exato, suas somas são fantásticas... — Eu lhe dei uma discreta cotovelada.

Ele fez um gesto de indiferença.

— É que eu estou indo me encontrar com uns amigos e eles não são exatos... Bom, de qualquer forma, são muito divertidos. Vocês querem vir?

Balançamos a cabeça positivamente.

Fomos à praça onde eu tinha encontrado o meu conselheiro no dia anterior, e lá ele nos apresentou seus quatro amigos. O 57,51, o 79,276, o 61,483 e o 15,002. Todos entre vinte e vinte e cinco anos de idade.

— Oi — respondi timidamente a todos os cumprimentos e à honra de conhecer alguém exato. Clara falava vivamente com todos e riam muito de coisas nas quais eu não conseguia prestar atenção. Estava caindo de sono, além de aflita, pensando em como faríamos para voltar para o mundo par.

— Três... — disse o número cinco, encostando no meu braço. — Nossa, você está tão distraída que sequer ouviu as várias vezes que a chamei.

Arrepiei-me, *se ele soubesse o motivo de não tê-lo ouvido.*

Sentamo-nos em um banco um pouco mais afastado.

— Você não fala muito — observou ele.

— É... É que estou exausta, além disso, não tive muitas oportunidades ainda...

— Tem certeza de que não tem nada a incomodando?

— Só o sono — disse, sorrindo. — Mas é muito querido por me perguntar, obrigada.

Senti-me envergonhada e abaixei os olhos. Observando sua corrente, notei que havia outro colar que estava por dentro de sua blusa e era feito de couro marrom, meu coração acelerou, mas soube explicar o motivo exato.

— Imagine — disse ele se levantando e voltamos para o grupo de pessoas.

Ficamos o dia inteiro juntos. Comemos em uma pizzaria, tomamos sorvete e eu até perdi o sono. Divertimo-nos bastante, conversamos sobre coisas bobas e, por alguns momentos, pude esquecer todas as coisas que me afligiam. No fim do dia, o número cinco nos acompanhou até a casa de número três, e eu não conseguia parar de torcer os meus dedos suando frio. Como faria para entrar naquela casa?

— Quer que eu a acompanhe para sua casa? — perguntou ele à catorze, e pude ver a tentação que ela sentiu em aceitar.

— Vou passar a noite aqui na qua... Minha amiga — disse ela rapidamente e tossiu no final.

— Tudo bem — disse ele, e nos olhou uma última vez antes de partir. — Amanhã, depois da reunião militar às 9 horas, vamos almoçar juntos e fazer qualquer coisa? Quem sabe andar de bicicleta?

— Sim — disse Clara, e ele sorriu de volta.

Ele apertou minha mão uma vez e olhei-o em dúvida, de certa forma espantada por ele ter encostado em mim.

— Você é impressionantemente distraída! Quer ir amanhã?

— Claro! Claro — disse, e então ele partiu rindo sozinho. Quando finalmente dobrou a esquina, pude mostrar todo o pavor que sentia.

— Vamos morrer!

— Calma, mulher! Não é o fim do mundo!

— Ainda! Mas dentro de duas horas será o fim se não conseguirmos entrar nessa casa!

Ela girou a maçaneta da porta trancada.

— Bom, se morrermos hoje, pelo menos pudemos conhecer o homem mais lindo, maravilhoso, querido, musculoso, gente boa e meu futuro marido... Até que valeu a pena!

Dei-lhe um tapa, realmente aflita.

— Cale a boca! Não vê que estou falando sério?

— Eu também estou! — disse ela, e eu só senti mais aflição.

Tentamos de tudo. Clara até chutou a casa e a ameaçou de morte, mas nada houve. Todas as janelas trancadas e lacradas, era impossível entrar e já eram 22h25.

— Por favor, casa, juro pela minha existência que só promovo a paz e lhe pedimos abrigo como forma de reconhecimento ao respeito que temos por todos os seres viventes... — choraminguei encostada na porta. Ouviu-se um tec, e eu caí para trás, Clara me olhou com os olhos vermelhos.

Corremos para dentro e fechamos a porta, felizes. Finalmente em um abrigo seguro.

***

Quem quer que fosse o número três, era alguém muito requintado. A casa tinha duas suítes enormes que ocupavam todo o segundo andar, parecia ter se preparado para nos receber. Os armários, cheios de roupas lindas, a geladeira continha nossas guloseimas prediletas, a lareira acesa e uma enorme mesa de jantar posta com duas velas. Na sala de estar, um tapete que imitava um urso fez-me sorrir porque era o urso Pooh.

Nunca me senti tão grata em toda minha vida.

— Eu amo essa casa! — disse minha amiga, beijando as almofadas. — Eu a amo, casa, muito, muito, muito!

— Obrigada, você é magnífica — disse baixinho e senti um leve ar quente me envolver.

Afinal, estava tudo correndo bem. Tínhamos um abrigo, encontramos o número cinco. Continuávamos vivas e com saúde, é o que importa, correto? Digamos que sim...

Capítulo 6

Amanheceu e foi muito difícil acordar. Aquela mudança repentina de fuso horário havia me deixado desregulada e eu estava exausta, mas não havia tempo a perder. Fui ao banheiro lavar o rosto e me senti quase sem uma parte de mim ao me ver sem o colar. Vesti shorts, uma blusa de ombro caído com desenhos em quadrinho e uma sapatilha estilo romana. Como meu cabelo estava pior que um ninho de rato, fiz uma trança embutida para não assustar ninguém na rua.

Não era do meu feitio ser tão arrumada, ou sequer pensar nisso, mas como eu tinha um closet cheio de roupas estilosas, resolvi aproveitar a oportunidade, e não posso negar que me senti bastante confiante. No banheiro, mexia em todas as gavetas buscando um batom vermelho e foi quando encontrei uma caixinha cheia de colares. Ao abri-la, um sorriso se esboçou no meu rosto.

— Por que esse sorriso? — perguntou Clara, sentada à mesa e tomando café da manhã. Mostrei-lhe o colar que usava. — Você está numerada! Onde arranjou essa corrente com o número três? Não é possível, pensei que só existisse uma...

— Eu encontrei uma caixinha cheia de correntes de vários estilos diferentes.

— Será que na casa do número treze também tem?

— Não sei, é que parece que essa casa está fazendo de tudo para nos ajudar, já percebeu? Viu como está tudo confortável, como se ela tivesse feito tudo para nós?

— Sei lá...

Minha amiga usava um vestido tomara que caia preto que deixava sua cintura bastante acentuada. Uma sapatilha vermelha deixava seu visual com um toque especial, e os cabelos estavam presos em um rabo de cavalo. *Ela é linda.*

Tomamos o café da manhã rapidamente e fomos para a casa de número treze. Lá, tentamos abrir a porta de todas as maneiras. Fizemos mil promessas de somente ajudar, de que iríamos pintá-la se quisesse e muitas outras coisas, mas nada adiantava. Ela não reagia a nada.

— Casa *maldita*! — berrou a catorze, enfim, irritada. — Se não nos deixar entrar, vou cortar você ao meio com a maior motosserra que encontrar, nem que tenha que ir ao fim do mundo para isso. Então você irá se arrepender por sua falta de compaixão — ela finalizou a frase dando um forte chute na porta.

Ela me olhou bufando de raiva e então ouviu-se um clique. Entreolhamo-nos. A porta estava entreaberta.

A casa tinha dois andares contando com o porão. Havia muitos cômodos, todos pequenos e atulhados de móveis até o teto. Outros com muitas caixas, outros com muitos objetos jogados de qualquer jeito. A casa era marrom, feia e triste. O papel de parede, meio mofado, tudo fedia a mofo, e eu me senti muito mal lá dentro.

— Essa casa só pode ser de um homem — falou Clara, reclamando do lugar. — Nenhuma mulher é tão monótona e tem tão mau gosto para papel de parede.

— Melhor não ficar falando assim... — Estávamos no hall da casa sobre um tapete marrom e empoeirado. Havíamos revirado a casa inteira à procura de um colar, mas nada encontramos, terminando a busca na entrada da casa. Antes que pudesse terminar a frase, o tapete foi arrastado violentamente escada abaixo até o porão e eu caí de costas na entrada da casa, perdendo o ar dos pulmões. Quando consegui me levantar, não vi Clara em lugar algum, até que ela berrou lá de baixo.

— Casa maldita!

***

Estávamos a caminho da reunião militar. Clara estava aborrecida pelo tratamento que a casa treze havia nos dado, mas eu dissera que a culpa era dela, que não parava de xingar o lugar. Ela apenas me olhou ameaçadoramente.

— Acho que poderíamos tentar entrar em nossas próprias casas — palpitou ela.

— Clara, se nos virem entrando em uma rua par e a encontrarem desnumerada, no mínimo, não será nada bom. De qualquer forma, precisamos ir embora hoje à noite porque amanhã tenho serviços a cumprir na base militar.

— "Serviços a cumprir" — me imitou ela, rudemente. — Nós estamos no mundo ímpar. Aproveitemos! Vamos terminar logo com isso!

— Clara, eu tenho minhas responsabilidades e você também! Nós nem sabemos se o número cinco é importante nessa guerra ou não, ainda está tudo embaralhado. Não vamos conseguir resolver tudo em um passe de mágica. Se não aparecermos amanhã, perderemos nossos cargos e *eu* tenho muito o que fazer ainda para nos ajudar. Não podemos arriscar, precisamos ter paciência.

— Você é muito chata.

— Meu santo Pitágoras! Você realmente age como se fosse uma

criança às vezes! Não temos mais dezesseis anos! Nós estamos falando a respeito de vidas, precisamos fazer isso certo, não adianta dar um tiro no escuro. Você sabe que já somos adultas.

Ela me olhou magoada.

— Você até pode ser, mas eu não.

— Não quer amadurecer?

— Sophie, eu estou amadurecendo! Mas não sou como você! Eu não vou...

Alguém encostou em nossos ombros e nos espantamos com a chegada do número cinco. Sorridente, ele andou entre nós.

— Eu gritei seus números umas cem vezes! Vocês não ouviram? — perguntou ele, arqueando uma sobrancelha e meio ofegante.

— Não — falei espontaneamente.

— É que estávamos tendo uma pequena discussão — a catorze me olhou com desprezo.

— Perdão! Eu posso encontrar vocês lá na sede...

— Não, não! Fique, você ameniza o ambiente — pediu Clara e segurou-se no seu braço. Eles se olharam e sorriram.

Senti ciúmes, mas não sabia de quem exatamente. Eu mal conhecia o número cinco, mas ele era lindo! E aquela era a única amiga que eu tinha, a única pessoa que eu tinha... Ninguém iria roubá-la de mim! Fiquei irritada com meus pensamentos, estava ficando confusa. Então olhei para o chão e pensei na guerra, em minhas tarefas, em minhas responsabilidades...

Ela se afastou dele.

Chegamos à sede militar ímpar e assinamos o caderno de presença. Logo entramos em um auditório que ficava no segundo andar, bastante diferente da base par, que ficava ao ar livre. Lá nos sentamos e esperamos. Clara não parou de tagarelar um segundo com o número cinco e eu observava uma mulher ruiva ajeitando o microfone no palco. Logo, outras três pessoas subiram no palco, e então a ruiva, que era verticalmente desfavorecida, falou.

— Números ímpares! Estamos aqui reunidos hoje para anunciar a nossa primeira manobra de guerra!

Ela falou que, após anos de treinamento e com muito suor, haviam obtido o resultado desejado, que era um exército forte e especializado, que podia de tudo e nenhum obstáculo seria grande o suficiente para impedi-los de atingir a vitória. Ouvi tudo atentamente e então as coisas mudaram. Um holofote me iluminou, consequentemente também Clara e as pessoas à nossa volta.

A ruiva apontou o dedo em nossa direção e disse triunfante.

— Eis o sucesso de nossa primeira manobra!

Dois homenzarrões vieram até nós. Eu fiquei congelada, senti vontade de urinar como uma criança que fez besteira. Não me movi, Clara ficou em pé com o intuito de fugir ou talvez lutar. Sabe-se lá o que se passa na cabeça dela! Colocaram-na no ombro e carregaram até o palco sem mais nem menos.

Eu fui bem mais fácil. Um deles me segurou pelo braço de forma rude e eu disse que tudo aquilo era um engano, mas que poderia andar sozinha até o palco.

— Nosso grande marechal trouxe sua "sobrinha" para nós! E ainda com uma *amiga.* — Ela foi sarcástica. — Que lindo! Vejam que bela combinação, quatro e catorze! Vejamos... — Ela pegou um pequeno papel dobrado em seu bolso. — Catorze, conselheira... Uma conselheira par! É nosso dia de sorte! — Ela passou o dedo pelo pescoço e eu senti meu estômago caindo.

— Soltem-me, seu brutamontes — reclamava Clara.

— Largue-a, 27,85 — falou a ruiva.

— Isto está errado — reclamei muito convicta. — Eu sou a número três, e essa é minha amiga treze!

— Cale a boca! — disse a mulher duramente. — 9,01.

Um dos homens que estava em posição de sentido atrás de nós veio à frente. Era ele, meu conselheiro, a pessoa que mais devia me ajudar naquele mundo. A pessoa em quem eu mais deveria confiar. Estava nervoso, suava e tremia. Olhou-me de solavanco, mas não demorou muito neste gesto.

— Qual delas é a quatro? — questionou a baixinha.

— É ela! — berrou Clara, apontando para mim. — Eu não sei de nada! Sou a treze! — Ela me olhou e eu nunca me senti tão mal em toda minha vida. Foi como se tivesse arrancado meu coração do peito e eu fosse obrigada a continuar viva sem ele. Foi como se tivessem feito um buraco no meu pulmão e todo o ar que eu respirava não supria a minha verdadeira necessidade. Foi como se eu sempre estivesse estado sozinha... Foi como se eu sempre tivesse sido apenas uma adolescente...

— Quem é? — perguntou novamente a ruiva, perdendo a paciência.

— É ela — disse o meu conselheiro, apontando o dedo trêmulo para minha amiga.

Fiquei pasma. Clara ficou em silêncio total, estática, e da mesma forma ficou a ruiva. Não estava entendendo mais nada. Não sabia mais o que fazer. Eu só queria me ajoelhar e chorar ali mesmo, eu só queria morrer.

— E essa que se diz a número três... Nunca vi na vida, mas podemos confirmar nos registros.

— Mostre-me seu colar — pediu ela, e eu o fiz rapidamente. Ela viu e seus olhos se esbugalharam. — Como? Quem a encontrou?

— Foi o trinta e nove — respondeu o 9,01 rapidamente.

— Como nunca a vi antes?

— Sou caseira, mas isso não lhe interessa. Além do mais, já pegou a número quatro, que é quem mais importa para a gente. Deixe-me em paz! Vá conferir nos seus arquivos a data em que cheguei a este mundo e verá que se engana.

— Farei isso hoje mesmo.

— Não se surpreenda se encontrar algum erro; afinal, há muitos números não exatos por aqui, não é? — disse, tentando parecer desprezível e acho que tive sucesso, pois ela balançou a cabeça levemente.

— Onde está sua amiguinha, quatro? — perguntou ela para o marechal, sem olhá-lo nos olhos. Parecia triste. Não sabia ao certo o que estava acontecendo, mas algo estava muito errado.

— Não a vi entrando, prudente... — Ele tremia de forma anormal.

— Por que tanto nervosismo, marechal? — Ela olhou-o de forma quase cruel. Virando-se para a plateia, anunciou: — Temos uma foragida! — Todos cochicharam de forma preocupada. — Calem a boca, calem a boca! — rugiu ela. — Voltem para suas casas e denunciem qualquer número suspeito! Peçam a todos que não conhecem para mostrarem suas correntes! Temos que pegar a catorze!

***

Eu estava na minha casa hospedeira tomando chá de camomila que encontrara pronto no balcão quando chegara e tentando não surtar. Estava com os cotovelos apoiados nos joelhos, que balançavam de um lado para o outro de forma nervosa. Observava o movimento sincronizado do chá com minhas pernas.

A campainha tocou e eu comecei a tremer e sentir frio. Estava paralisada, vertiginosa. Tocou novamente e não parou até eu me levantar. Com o chá nas mãos, abri a porta. Ali estava o número cinco, muito preocupado e anda mais decepcionado.

Ele entrou sem dizer nada, rude. Espantei-me com seu humor. Fechei a porta e, quando me voltei para ele, recebi um tapa no rosto. A xícara caiu e se espatifou em um milhão de pedaços. A casa estremeceu, pude sentir que ela estava prestes a atacar o número cinco.

— Perdoe-o — disse, me ajoelhando e recolhendo a sujeira. Coloquei os cacos na lixeira e voltei com um trapo para limpar o chá, mas, quando voltei ao local, estava tudo limpo. Olhei para o balcão e outra xícara me aguardava ali, intocada. Sentei-me na mesma posição de antes e fiquei a admirar o movimento circular do chá.

O cinco se aproximou. Ele ficou a me encarar e eu ignorei-o, só queria me distrair, tentar não enlouquecer. Não sabia mais o que fazer da minha vida. E como eu voltaria para o mundo par? Estava tudo dando errado, muito errado. Sentia-me nervosa, com medo. Prestes a entrar em verdadeiro pânico.

Com muita delicadeza, o cinco tirou a xícara de minhas mãos e segurou meu rosto de forma que nossos olhos ficaram da mesma altura. Queria que eu o olhasse, mas fechara os olhos.

— Três, por favor, me olhe — eu neguei, olhando para o lado. — Por favor!

Assim o fiz, não resistindo à forma terna que ele o pedira.

Ele ficou a admirar meus olhos por longos minutos e quase me afoguei no azul profundo que me envolvera.

— Você mentiu para todos. — Ele me encarava sinceramente triste. — Eu acreditei em você e na suposta treze...

Desviei o olhar, perdendo totalmente as forças, fiquei mole. Ele foi forçado a me segurar, se espantando com a situação, mas logo me levou para deitar no sofá sem mudar a direção da conversa por nem um segundo. Deitada no sofá, ele me obrigou a comer sal e beber água. Logo estava melhor.

— Você é a catorze?

Sentei-me aflita, desconfiada. Eu não sabia dizer o que ele sentia, mas era afeto e ao mesmo tempo revolta e aflição. Somente ele poderia descrever melhor.

— Deixe de ser covarde! Enfrente o problema! Você está pior que uma criança com medo do escuro!

— Eu não sou corajosa... Não sou boa atriz... Não sou perseverante! Sou uma desgraça para a vida, uma decepção para todos os mundos que existem! O pior número que existe — chorava. — Não soube o que fazer! Não entendi a situação! Não havia motivos para me revelar, no final, seríamos duas presas e inúteis.

— Qual seu número?

Tentei ficar em pé, mas não tive forças. Afastei-me o máximo possível dele.

— Não posso confiar em você, vai me entregar. O que você quer? Por que está aqui?

— Não vou entregá-la. Quero ajudá-la a salvar a treze ou seja lá qual for o seu verdadeiro número. Vamos trabalhar em equipe, vamos nos ajudar. Nunca fui a favor desta guerra e a verdade é que tenho outros pensamentos a respeito de tudo que está acontecendo. Confie em mim.

— Eu sou a número quatro e ela é a catorze.

Ele piscou surpreso, parecia esperar tudo menos isso. Logo, sorriu de forma assustadora, parecia ter enlouquecido. Afinal, quem não estava enlouquecendo? No fim, seríamos um bando de loucos perdidos se matando sem qualquer causa verdadeira. Ele me abraçou e, fraca, empurrei-o para longe.

— O que foi isso?

— Qual seu elemento? — perguntou ele.

— Água...

— E eu sou fogo! Tudo faz sentido!

— E daí?

Ele se aproximou de mim, mas eu já estava na ponta do sofá, mais um pouco cairia.

— Eu tenho a nossa solução! — Ele tirou uma corrente do pescoço, essa sendo a que comentei ser de couro. Uma chave estava pendurada ali e eu estremeci. Era dourada e parecia feita de areia. Quase desmaiei novamente, me lembrando dos meus pesadelos...

— Você tem a chave...

— Sim! — Ele pegou minha mão e me puxou para a porta. — Temos que ir!

— Para onde? — disse, sendo literalmente arrastada já sem mais forças ou vontade de lutar e reclamar.

— Para a sua base! Onde fica? — Ele me olhou, prestes a abrir a porta.

— Você não sabe?

— Do quê? — Ele piscou confuso e eu ri fraca. Entrei na porta à esquerda do hall, voltando à cozinha, onde comi algo para me sentir mais forte. — Sente-se aqui, se você e eu vamos ser obrigados a trabalhar em equipe, você precisa saber de toda a verdade...

Sentados em um balcão, eu contei-lhe de forma resumida a história da minha vida.

***

— É isso. — Eram 13 horas e estávamos almoçando.

Ele mastigava pensativo.

— Não consigo acreditar... Eu vivi seis anos na ignorância total! Nunca suspeitei de nada.

— Entendo como se sente, porque não faz muito tempo que eu sei de tudo isso.

— E agora, o que vamos fazer?

Suspirei.

— Preciso voltar ao mundo par hoje à noite, então só penso em como conseguirei uma chave.

— E a catorze?

— Ela pode esperar, não vão fazer mal a ela, pensam ser eu.

— E como passaremos para o lado par? Com a chave de quem?

— Você é muito irritante, pare de fazer tantas perguntas! Talvez devamos chamar o... — Tentei não chamá-lo, mas já havia pensado de forma firme que precisava vê-lo. Quem me garantiria de que era confiável? — Meu conselheiro, 9,01...

A campainha tocou e eu fui recebê-lo. Ele entrou voando e bateu a porta com força, o que me deixou bastante irritada. Seu olhar ameaçador se chocou com o meu e, por um breve momento, quase nos atacamos.

— Você enlouqueceu? — perguntou ele, enfim.

— Por quê?

— Se me virem falando com você! — Ele olhou através do olho mágico. — Podem nos descobrir a qualquer momento. E eu já acho que tem algo errado!

— Não era minha intenção chamá-lo, mas, quando percebi, já era tarde... — Andamos até a cozinha e ele esbugalhou os olhos quando viu o número cinco.

— O que ele faz aqui? Quem é ele?

— Tudo bem, está do nosso lado. É o número cinco.

Meu conselheiro me olhou desconfiado.

— E por que ele está do nosso lado?

Ambos olhamos para o rapaz de cabelos pretos, que suspirou.

— Acho que é a hora de eu contar minha parte da história — começou ele, e eu percebi como tinha sido ingênua de pensar que ele simplesmente queria ajudar. — Quando caí neste mundo, sentia muita raiva. Não entendia o motivo de estar aqui e até hoje tenho minhas dúvidas a respeito disso. Sempre carreguei, desde que apareci no Mundo Numérico, um objeto no pescoço. — Ele tirou a chave de dentro da camisa, e o 9,01 pareceu preocupado. — Essa chave... Por favor, não me achem louco por isso, mas eu amo essa chave como se fosse minha vida. Faria qualquer coisa por ela. Então comecei a falar com essa chave...

Ele esperou nossa reação, mas nenhum de nós disse qualquer palavra.

— Bom, no início pensei estar enlouquecendo, mas então ela respondeu. — Eu fiz cara de incompreensão e o meu conselheiro estava taciturno. — Todos os dias converso com ela e... Bom... Um dia, tive um sonho e pude ver quem é a chave, ou quem fala por intermédio desta. — Seus olhos se perderam no nada. — É linda. Uma mulher alta, morena, magra, de cabelos ondulados e olhos amarelos.

— Amarelos? — questionei exaltada e ele voltou à realidade.

— Sim... — pareceu que era a primeira vez que ele realmente pensava sobre o assunto. — E a pupila é uma fenda.

— Fenda? — O 9,01 passou a mão no rosto, demonstrando impaciência.

— É. Ela é perfeita. Disse que a única que poderia me ajudar a libertá-la era a quatro.

— Como assim? — Eu me surpreendi. — Como posso fazer isso? Eu não sei de nada!

— E quem é essa mulher? O que ela quer? Por que os olhos dela são assim?

— Ela é a Chave — disse ele convicto. — Sei que parece maluquice, mas foi o único nome que ela me disse. Além do mais, falou ser tão importante quanto a Hipotenusa e tem um papel decisivo a cumprir.

— Impossível! — Riu meu conselheiro e o cinco olhou-o ofendido. — Não duvido de você, rapaz, acredito em cada palavra, mas pense bem. A Hipotenusa só não é mais importante que o próprio Pitágoras.

— Foi o que ela me disse e eu acredito nisso! — insistiu ele, e eu me senti nervosa.

— Está bem, chega! — interrompi. — Agora me diga o que eu tenho a ver com toda essa história de chave!

— Ela diz que você sabe muito bem que porta essa chave abre.

Fiquei muda, sentindo o sangue escapar do meu rosto. Ambos me olharam e o número cinco se aproximou de mim, esperando que eu perdesse as forças novamente. Pisquei e olhei para o 9,01.

— Eu preciso ir para o mundo par hoje à noite — disse.

— Eu a levo, mas, depois disso, nunca mais...

— Cale a boca! — disse grosseira e irritada, foi tamanha a raiva que até mesmo ele se surpreendeu comigo. — Você não tem mais opção, estamos juntos nisso e agora vamos evitar toda essa guerra juntos. Pare de fingir e de se fazer de difícil, não suporto mais isso!

— Como vamos evitar uma guerra? — questionou o cinco.

— Teremos que pensar em algo — respondi sem querer admitir não fazer ideia de como faríamos tal proeza.

— E eu vou falar com a número sete — disse o 9,01. — É o número da ruiva com a qual você falou, quatro. Ela é muito brava e decidida, mas sei que tem a cabeça no lugar. Talvez se eu usar as palavras certas...

— E talvez a chave nos ajude! — disse o cinco sorridente.

— Não — disse decidida. — Eu não quero a ajuda dessa mulher.

— Por quê? — questionou ele ofendidíssimo.

— Eu sinto que tem algo muito errado com ela... Acho que não é algo bom, acho que devemos evitá-la! E, além do mais, eu não sei que porta essa chave abre! — menti.

— Não confia em mim?

— Claro que confio, em quem eu não confio é na "Chave".

— Pessoal — interrompeu meu conselheiro —, essa mulher é só um mero detalhe no meio de tudo isso que está acontecendo! Quem se importa com ela enquanto temos uma guerra para evitar? Temos que nos focar nisso! Cinco, tente perceber que esse assunto é irrelevante.

— Ouça a voz da razão, número cinco — disse, cruzando os braços.

Ele olhava para o chão contrariado e sussurrou alguma coisa. Estava conversando com o objeto.

— Ela diz que a participação dela na guerra é decisiva e que você mente, número quatro! — Seu olhar quase me partiu a meio. — Você sabe de qual porta estamos falando!

— Não vou deixá-lo abrir aquela porta! — disse quase em um berro.

— Isso não depende de você! — Ele veio até mim com o intuito de me intimidar, mas não recuei ou desviei o olhar, eu não permitiria que ninguém abrisse aquela porta.

— Ah, meu amigo, tem certeza de que não depende de mim para abrir a porta? — disse ironicamente. — Então por que está perdendo o seu tempo discutindo comigo enquanto podia estar libertando a sua amada Chave?

Ele bufou de raiva no meu rosto e eu sorri satisfeita por ele estar irritado. Sentia-me feliz com o seu sentimento de incapacidade perante aquela situação, adorava ter poder.

— Se não me levar para a porta, vou entregar vocês todos para a número sete — ameaçou ele.

— Você não faria isso — disse meu conselheiro. — Além do mais, sou mais importante que ela e muito íntimo também. E, se nos entregar, quem o levará para a porta? Você não tem argumentos! — Eu tinha que olhar para cima para poder encará-lo. — Recue, cinco, perceba que essa discussão está perdida.

— Vocês não sabem de nada! — urrou ele, se afastando. — Vou abrir aquela porta, vocês querendo ou não! — disse ele, saindo de casa e batendo a porta com toda a força.

Eu estava convencida de que o cinco tinha perdido a razão, mas que logo retornaria percebendo seu erro. Logo, o 9,01 também partiu porque tinha compromissos e precisava falar com a número sete. Eu passei o dia todo em casa com medo de pôr um pé na rua e percebi quanto amava o número três, como se já o conhecesse. Imaginava alguém muito amável, querido, bondoso... Fiquei a pensar em tudo que estava acontecendo na minha vida, em tudo que estava acontecendo na vida de todo mundo, e tentei imaginar o que eu estaria fazendo agora se não tivesse descoberto toda a verdade.

A noite chegou lenta e profunda... Não me sentia feliz, estava com um aperto no peito. Saudades, tristeza, me sentia perdida no caminho da vida, mas ao mesmo tempo sabia estar fazendo o certo. Era insegura, com sentimentos mutáveis, era fraca, era incapaz... Sentia que qualquer um poderia me derrubar com um empurrão, sentia estar perdendo as forças... Precisava mudar isso, precisava ser mais firme, mais decidida, mais segura de mim. Não poderia deixar ninguém me ameaçar.

Ding, dong.

Olhei o relógio, 21h15. Muito *cedo para o meu conselheiro chegar*, pensei. Ao abrir a porta, meus joelhos tremeram.

— Hipotenusa... — disse incrédula.

— Boa noite, número quatro — disse ela calma. — Poderia entrar para conversarmos?

— Claro — disse, me espantando com o tom da minha voz. Ela me deixou nervosa com a sua calma e eu não sabia o que estava acontecendo. Não sabia que ela saía de dentro daquele enorme prédio. — Entre, por favor — disse, me controlando e abrindo a porta.

Na sala de estar, nos sentamos para conversar.

— Como se sente? — questionou ela, e eu me senti profundamente tocada por essa pergunta. Ninguém perguntava isso para mim... Até mesmo a catorze se endurecia um pouco nesses assuntos e eu descrevi-lhe com lágrimas nos olhos o aperto no peito que me parecia saudades. Ela pegou minha mão com um grande afeto e senti como se ela fosse minha mãe. — Eu a entendo profundamente — disse ela, suspirando e me olhando ternamente. — São fases da vida, mas lhe garanto que não é difícil mudar isso. Basta você perceber que existem muito mais motivos para ser feliz do que triste, querida. Basta perceber isso.

— Feliz — repeti com uma lágrima escorrendo pelo meu rosto.

— Sophie, você nunca aceitou o fato de ter vindo para cá. Você não aceita ter sido levada para longe de sua família. Este é seu maior obstáculo, aceitar e ser feliz. Então perceberá que nunca esteve longe deles.

— O que importa? Veja a guerra que está por vir, a discórdia iminente! O que importa o que eu sinto? Não sou nada.

— Não sabe o que fala — lamentou ela. — Se você não existisse, quatro, nada além do 3,999... existiria! Tem noção do quão importante é? Além do mais, será incapaz de ajudar os outros se você mesma não aceitar ajuda.

— Agora você quer me ajudar? Depois desses anos todos que eu a busquei?

— Você tentou falar comigo duas vezes, não foi tão perseverante, não acha? Além do mais, estou aqui agora, o que importa?

— Quando Pitágoras vai vir me buscar? — perguntei com mais lágrimas escorrendo pelo rosto.

— Apenas quando todos estiverem prontos.

— Todos?

— Você e todos os seus irmãos de caminhada, que estão juntos nisso.

— Então não são tantos...

— Não pense assim — ela disse com um leve sorriso.

— Mas... E se eu ficar pronta primeiro?

— Ajude os outros a se adiantarem.

Bufei e tentei me recompor.

— Por que eu estou aqui?

— Você não quer voltar para a sua família?

— É tudo que eu mais quero nesse mundo! — disse.

— Pois bem, é por isso que está aqui.

— Minha prima... Ela disse que eu fui levada.

— Exatamente.

— Por quem? — questionei frustrada. — Não entendo...

— Por um anjo, Sophie, um lindo anjo de penas brancas.

— Por quê?

Ela se aproximou de mim, me envolvendo com seus braços, o que fez com que eu me sentisse muito desconfortável e também com medo do que ela responderia.

— Sophie, você morreu.

Fiquei vazia. Tudo caiu, tudo desmoronou. Não conseguia engolir a saliva. Ela se levantou e, quando se sentou novamente ao meu lado, entregou-me a lixeira, onde vomitei. Eu berrei e chorei por horas incontáveis, era como se estivesse vomitando minha vida, minha existência, todos os meus órgãos. Eu não sabia o que sentir, não sabia mais como chorar. Eu estava morta...

— Co-como? — consegui balbuciar algum tempo depois.

— Não é importante, querida, tudo ao seu tempo. Precisou de seis anos para descobrir isso, meu amor, agora seja paciente.

— Todos que estão aqui morreram?

— Nem todos. Alguns estão em coma, outros desligados da vida, outros têm a capacidade de viver em mais de um plano ao mesmo tempo... Muitos casos diferentes.

— Como foi possível eu ter falado com minha prima? Como?

— Querida, quando irá se dar por satisfeita com as informações que tem?

Chorei até as minhas lágrimas terminarem, e então a Hipotenusa falou mais.

— Você tem que ajudar os ímpares a se entenderem com os pares. É a quarta vez que vem para o Mundo Numérico para poder renascer na Terra. Não significa que não tenha renascido outras vezes por intermédio de outros mundos. Não pense que somente dessa vez é importante, porque todas as peças de um quebra-cabeças são necessárias para se ver a figura completa. Todos, minha filha, todos são tão importantes e indispensáveis de uma forma que você jamais poderia imaginar. Faça o que acredita ser certo e... Uma dica, não tente descobrir o que tem na rua após as 22h30.

Confirmei com a cabeça, sentindo todo meu corpo arder e formigar.

— Confie, acima de tudo, no seu conselheiro. Eu lhe garanto que ele pode parecer confuso às vezes, mas nunca, jamais, fará nada para desfavorecê-la. E, em todo caso, grite por mim, literalmente. Mas não acho que isso vá ser realmente necessário, será capaz de fazer tudo sozinha. E, a respeito do número cinco, no fim ele acabará morrendo, então não atrapalhe seu relacionamento com a catorze.

— Como assim?

— Não se preocupe, querida, a morte após a morte não significa a desintegração do ser; afinal, a morte é somente uma passagem. Ele tem um caminho diferente a seguir de você e seu companheiro. — Ela sorriu enigmática com a última fala, mas não entendi o motivo. — Entenderá o que quero dizer quando você voltar para o mundo par. Saiba duas coisas: quem evolui em grupo é muito mais rápido, e é por isso que a evolução se dá aos pares.

Ela ficou em pé e eu não consegui me levantar. Ela tocou minha testa com o dedo indicador e logo sorriu. Peguei no sono e dormi horas a fio. Dormi por séculos. Dormi por milênios...

***

O 9,01 me balançava. Eu acordei me sentindo tão disposta, com uma energia tão vibrante. Queria fazer tudo, queria resolver tudo. Não queria perder tempo, nunca estive tão forte, nunca estive tão preparada em toda minha vida.

— Aquela que acabou de sair daqui de casa era a Hipotenusa? — ele disse pasmo e eu não entendi. Eu havia dormido por muito tempo...

Concordei com a cabeça confusa e me espreguicei, me sentindo quase feliz.

— Vamos logo — disse ele. — Não temos tempo a perder!

Em menos de cinco minutos estávamos chegando à biblioteca. O meu conselheiro parecia mais estressado que antes.

— Eu me atrasei porque a número sete estava muito estranha. Nunca a vi daquele jeito. Tudo bem que a catorze não parava de incomodar todo mundo, mas ainda assim...

— O que a catorze fez?

— Fica cantando a todos os pulmões músicas de amor... Bastante irritante.

— Mas você falou com ela?

— Não, a número sete simplesmente me impediu. Não quis conversar, mal me olhou...

Chegamos à biblioteca e arrombamos a porta. Quando chegávamos ao portal, ouvimos a porta batendo e passos. Apressamo-nos e, quando faltava menos de um segundo para todo o processo começar, a porta se escancarou e o número cinco se precipitou em nossa direção. Logo a sala estava pegando fogo e eu me segurava no meu conselheiro com toda a força enquanto íamos para cima. Quando começamos a descer, pude ouvir o 9,01 dizer "desgraçado", mas não estava a par dos acontecimentos, pois mantinha meus olhos fechados.

Com o impacto, me soltei do conselheiro. Quando o chão deixou de ser elástico e eu me choquei com o chão, demorei algum tempo para recobrar os sentidos. Então, o 9,01 começou a me balançar e me levantei espantada, logo avistando o número cinco caído.

— Temos que ir — falava o homem, tentando me puxar para longe.

— Não! — Fui em direção ao rapaz inconsciente. — Vamos levá-lo para minha casa e prendê-lo em uma sala.

Ele começou a se mexer e gemer, até que se sentou, reclamando de dor. Sem ação, fiquei a olhá-lo e, com um golpe certeiro, meu conselheiro acertou a chave do portal em sua têmpora, fazendo-o desmaiar mais uma vez.

— De onde saiu tanta violência? — perguntei com um sorriso, mas ainda espantada.

— Na hora do pânico...

— Só temos um problema! Como vamos arrastá-lo para a minha casa sem parecer suspeito?

— São 7 horas da manhã, vamos nos apressar antes que as pessoas saiam para a rua!

E assim fizemos. Aquele rapaz era pesado e admito que não nos importávamos muito com o seu bem-estar, foi por isso que o deixamos simplesmente rolar escada abaixo duas vezes, só para não termos de carregá-lo, e eu me senti muito bem com isso. Na rua, puxei-o pelos braços e meu conselheiro pelas pernas. Acho que algumas pessoas viram essa cena estranha, mas não estava verdadeiramente preocupada.

Chegamos em casa e eu abri a primeira porta que vi. Lá dentro não se podia ver nada porque estava totalmente escuro. Tirei a corrente com a chave de seu pescoço e então o atiramos lá dentro.

— O que tem nessa sala? — questionou o meu parceiro enquanto eu trancava a porta que tinha duas chaves e três cadeados, além da tranca na parte superior.

— Nada. É uma sala com nada. Nem sei se tem chão... Bom, ele não vai morrer.

— Não tem como ele se perder lá dentro?

— Quem se importa? — questionei raivosa, me lembrando do que a Hipotenusa me dissera... Se eu não devia atrapalhar a relação dele com Clara, eu teria que jogá-la lá dentro também.

Fui para o meu quarto correndo e me arrumei para a reunião militar que haveria em pouco tempo. Pude tomar um banho e relaxar por breves minutos. Então fui à cozinha e tomei café da manhã rapidamente antes de partir.

— 9,01, fique em casa hoje e descanse. Eu tenho minhas tarefas na base militar...

— E eu tenho minhas tarefas amanhã também — disse ele, esfregando os olhos. — Quando vamos resgatar a catorze?

— Sei lá — disse mal-humorada. — Tem que ser algo muito bem planejado, mas também nem sei se ela está do nosso lado ou não.

— Não pense assim, quatro, ela é sua amiga... Bom, vá e depois resolvemos tais detalhes.

Saí de casa apressada e cheguei na sala de reuniões um minuto antes de começarem a discutir os assuntos em pauta. Todos muito agitados. Por fim, nos organizamos e o marechal ficou em pé.

— 82,516 — disse ele. Aquele número era comandante da minha

ala e eu também me levantei. Era ele quem fazia os relatórios de todas as nossas operações na floresta e me passava as informações.

— 82,516 — disse —, apresente a situação.

— Ontem à tarde, às 15h57, foi encontrado pela primeira vez na história um número ímpar.

Arrepiei-me pensando no meu conselheiro, mas era impossível ser ele.

— Nós o encontramos perdido na floresta, perambulando sem direção como todos os números novos. Sua localidade era $\sqrt{3,52}$.

— Quanto? — questionou a 16,03, ficando em pé, e eu a fuzilei com os olhos.

— 16,03, ele só responde à sua chefe, que é a número quatro, respeite a autoridade — disse o marechal, e ela se sentou contrariada.

— Perdão.

— Como vocês trataram o número?

— Como nos instruiu, general. Ele foi tratado bem e está em um dos quartos da base militar como convidado.

— Absurdo — sussurrou a coronel.

— Você está contestando os meus comandos? — perguntei a ela, muito brava. Já havia pedido a paciência com ela fazia muito tempo.

— Não, senhora — ela falou. Desde que implantamos as regras de hierarquia, ela era obrigada a me tratar com muito respeito, senão eu poderia escolher uma punição que achasse adequada. — Então, o que você falou?

— Nada.

— Repita o que você falou!

Ela suspirou sem olhar para mim. Poderia me matar se tivesse a chance.

— Você vai para o corredor fazer quinhentas flexões, agora — disse, apontando para a porta. — Aspirante, vá e conte em voz alta para eu poder ouvir! — Ela levou algum tempo até se conformar com isso sem murmurar nada, e então foi para o corredor, seguida pelo aspirante.

— 82,516 — falei, retomando o controle —, o que vocês falaram para ele?

— Seguimos as suas ordens ao pé da letra. Dissemos apenas o básico e estamos à sua espera para falar com ele em particular.

— Muito bem — disse, mostrando orgulho no meu tom de voz. — Seguiram minhas instruções de forma impecável... — Olhei-o e ele sorriu feliz. Logo fiquei séria novamente. — Depois discutimos sobre isso, pode se retirar.

— Sim, senhora. Só uma pergunta, senhora. Não quer saber quanto é ele?

— Ah — me arrepiei. — Perdão, mas é lógico!

— Número três, um homem — ele disse isso fazendo posição de sentido e logo se retirou sem dizer mais nada.

Fiquei chocada. Sentei-me à mesa novamente, olhando para o nada.

— Cem — disse o aspirante do corredor.

Olhei para todos os oficiais que esperavam para eu dizer alguma coisa. Também estavam chocados e pensativos, ninguém sabia como reagir perante tal situação, afinal, o novo número não sabia de nada, tinha recém-chegado e de nada poderia ser culpado. Estalei os lábios e disse o que pensava.

— Sou a favor de tratá-lo bem e usarmos essa vantagem.

— Como assim? — questionou o 12,053.

— Simples, tenente-coronel, vamos falar a verdade. Somos do bem e só queremos ter uma conversa diplomática com os ímpares.

Houve um burburinho de ideias sendo trocadas.

— Duzentos! — falou o aspirante.

— Quem é a favor levante a mão — disse o marechal, levantando o braço. Sentei-me e observei um a um levantar o braço.

— Muito bem, alguém tem algo a declarar?

Ninguém se pronunciou.

O escrivão imprimia uma cópia de tudo que havíamos acabado de falar em uma pequena e silenciosa impressora no canto da sala. O papel passou por todos os presentes, que assinaram.

— Faça-me duas vias — disse ao homem que recolhia o documento.

— Trezentos!

Entrou na sala uma menina de, aproximadamente, dez anos de idade. Muito séria, ficou em posição de sentido e ajeitou rapidamente sua farda.

— Fale — ordenou o marechal.

— Hoje percebeu-se o sumiço da número catorze.

Fiquei paralisada mais uma vez, prestes a vomitar.

— Número quatro, você não sabe onde ela está? — questionaram-me.

— Por que o sumiço dela foi notado? — perguntei, ignorando a pergunta feita a mim.

— Você — disse a menina, se surpreendendo com a pergunta —, você me ligou ontem e pediu para eu averiguar esse assunto até hoje, assim poderia ser discutido na reunião... Estou errada?

— Não — disse, bebendo um copo de água sem saber como reagir. Ontem eu estava no mundo ímpar. — Só queria saber se mais alguém... Havia notado.

— Não, senhora.

— Pois bem, descobriu algo? — questionou o marechal.

— Pesquisei a vida dela. Descobri que sua conselheira é par.

— Sim, a 28,08 — declarei. — Já a conheci.

— Sim, senhora, mas tem mais uma coisa. Ela é um caso à parte no mundo, pois, além de *ter* uma conselheira, ela também é uma conselheira.

Minha coluna se arrepiou. Quando é que as surpresas parariam de pular no meu pescoço? Só faltava alguém vir me dizer que meu número não era quatro, e então eu acordaria de todo aquele pesadelo.

— Conselheira de quem? — prosseguiu o marechal.

— Número sete, senhor.

Meu mundo freou e começou a andar ao contrário. Lembrei-me da cena em que a sete mandou aquele brutamontes soltar a catorze e elas trocaram olhares furiosos. Por que a sete prendeu a própria conselheira? Por que a catorze ficou berrando que eu era a número quatro se a número sete sabia desde o início que isso era verdade? *Por que tudo isso não faz sentido?*

— Quatrocentos!

— Quatro, você está bem? Ficou pálida de repente! — Ele me entregou um copo de água e eu nem percebera a saída da criança.

— Tudo bem — disse sem conseguir focar o olhar.

— Os conselheiros sempre buscam sigilo, não fique chateada com sua amiga. Se ela sumiu é porque deve estar na base ímpar.

— Sim — respondi.

— Podíamos perguntar a ela onde...

Olhei-o ameaçadoramente, saindo do meu transe.

— Eles são nossos irmãos, número oito, não nossos inimigos, como a maioria pensa. Temos códigos de ética para seguir, não fujamos de nossa humanidade.

— Mas se for para falar diplomaticamente? — perguntou timidamente o número dezoito.

— Major, não ouvi você pedir permissão para falar — disse, perdendo a paciência.

— Perdão! — Ele ficou vermelho.

Fiquei um tempo sentindo uma queimação subindo pela garganta.

— Perdão digo eu, dezoito, me irritei e perdi a paciência. Mas, respondendo à sua pergunta de forma devida, não.

— Quinhentos! — comemorou o 62,01 do corredor. Ele e a coronel voltaram à sala. O rosto dela estava totalmente vermelho e empapado de suor.

***

Eram 18 horas e eu estava voltando de metrô para casa. A 16,03 estava sentada à minha frente lendo os relatórios da reunião e eu lia um livro sobre a Segunda Guerra Mundial.

— Número quatro? — Sua voz controlada me soou indignada.

Olhei para frente sem muito interesse.

— Sim, coronel?

— Você falou com o número três?

Coloquei a mão na testa. Havia me esquecido totalmente dele.

— Droga! — disse baixinho, olhando quando seria a próxima parada do veículo.

— E o que a levou a não querer que a catorze nos falasse onde fica a droga da base ímpar?

Levantei-me para descer da locomotiva, que parava aos poucos. Olhei para ela antes de sair.

— Tente entender, 16,03, a guerra não levará a nada.

***

Bati à porta do quarto. Estava exausta, mas tive que voltar à base militar porque falar com o número três era de exímia importância, então lá estava eu.

A porta se abriu e eu deslumbrei um homem alto, forte, um tanto magro, cabelos castanhos, rosto acentuado e olhos verdes. Quando me olhou, nada disse, e eu não fiz questão de olhá-lo por mais de meio segundo.

— Eu sou a número quatro — falei, esfregando os olhos. Ele não respondeu, me encarava. — Hum... Foi a minha área que o encontrou perdido na floresta, então sou responsável por você...

Ele não parava de me olhar e eu já estava ficando incomodada.

— Você está bem? — questionei.

— Você é a mulher dos meus sonhos!

Arqueei as sobrancelhas rindo baixinho, mas ainda assim me assustando.

— Como?

Ele balançou a cabeça e me olhou melhor.

— Você veio em um sonho e me pediu permissão para entrar... Você foi tão doce... Me conhece tão bem...

Olhei para os lados. Não havia ninguém nos corredores, então eu entrei no seu quarto e fechei a porta.

— Escute, estamos em pé de guerra — revelei e ele ainda me olhava de maneira esquisita, mas eu evitava seu olhar. Afastei-me o máximo que pude.

— Quem?

— Os pares contra os ímpares.

— Por quê?

— Um acusa o outro de ter roubado o zero, mas ninguém nunca viu esse número. É uma guerra sem qualquer motivo palpável. Eu sou a favor da paz e estou fazendo de tudo para atingi-la.

— Se ninguém viu o zero...

— Não tente entender — disse, levantando uma mão e deixando escapar meu sofrimento através dos olhos. — Até hoje este motivo é patético para meus ouvidos. Não faz sentido.

— É... — Ele olhou para o meu peito. — Você não é a número quatro?

Concordei com a cabeça.

— Então por que tem a corrente com o número três? Meu número...

Arrepiei-me até o último fio de cabelo. Se mais alguém tivesse notado isso, eu não teria como explicar. Teria sido presa, acusada de ajudar o outro lado, exilada! O fato de ele ter visto isso era mais que sorte, era destino. Mais uma vez devia minha vida ao número três.

— Não quero mentir para você — disse, tirando a corrente e guardando-a no bolso. — Mas estou fazendo de tudo... — Ele ficou me encarando e eu parei de tentar parecer durona, meu rosto simplesmente se contorceu de preocupação. — Por favor...

— Não diga mais nada — ele colocou a mão no meu ombro e eu não soube o que esperar. — Eu não sei o motivo, não preciso de um motivo, na verdade... Mas confio totalmente em você e jamais faria qualquer coisa para deixá-la em desvantagem.

Senti-me estranha. Senti-me quase saindo de um baú, seu olhar fazia com que eu me sentisse assim. Afastei-me novamente em direção à porta e antes de, finalmente, partir para casa, avisei-lhe.

— Nunca, jamais, vá para a rua após 22h30.

***

— São 21horas, você deveria ter chegado mais cedo! — falou o 9,01.

— Não me incomode — reclamei. — Tenho muitas coisas para lhe contar.

Passei para ele todos os acontecimentos do dia. Ele ficou pasmo com tudo.

— Por que a número sete prendeu a própria conselheira? — ele refletia enquanto eu comia salada.

— Não faço ideia, a catorze nunca me falou nada sobre ser conselheira e ela nunca sumiu, como é o normal para conselheiros.

Ele parou estático.

— Ela pode ter tentado abdicar do cargo.

— Isso é possível? — eu me surpreendi.

— Não tenho ideia, nunca tentei, mas já pensei no assunto.

Senti-me profundamente machucada com essa revelação.

— Por quê?

— Vou ter que repetir tudo que já lhe disse, sobre o que um conselheiro passa para poder ajudar? Já lhe falei o que a gente sente quando precisamos encontrar vocês?

— Nem me fale, estou mais feliz na ignorância.

Silêncio.

— 9,01! Se a número sete sabe que a catorze é sua própria conselheira, então ela sabe que você mentiu... Quem sabe... Quem sabe não foi a número sete que ligou avisando que a catorze tinha sumido? Quem sabe... — Fiquei a pensar muito concentrada.

— Por isso ela não quis falar comigo. Ela estava tão perturbada... Pensei que fosse só por causa da chatice da catorze.

— Vocês têm um relacionamento, não é? — perguntei um tanto tímida e ele riu.

— Não precisa sentir vergonha, nesse momento você quase voltou a ter dezesseis anos! Nós somos casados.

— Casados? Nunca vi um casamento neste mundo.

— Eu casei faz dois anos. Perdão por não tê-la convidado, mas, tecnicamente, somos inimigos.

Rimos um pouco e eu fiquei a pensar que mal havia conhecido qualquer homem desde que chegara lá.

— O cinco! — disse de repente me levantando. — Nós o esquecemos trancado!

***

— Espere! — Eu me concentrei por alguns segundos e então permiti que o 9,01 abrisse a porta. Ele riu de mim quando se deparou com grades. — Eu só quero garantir que o cinco não vá fugir — falei, sorrindo.

O lugar era escuro e nós berramos pelo rapaz, que não deu um sinal de vida.

— Será que ele se perdeu lá dentro? — questionou meu conselheiro um tanto preocupado.

— Calma, posso resolver em um segundo. — Fechei os olhos e me concentrei novamente. Houve vários baques surdos e eu ouvi o suspiro de surpresa do 9,01. Então, quando abri os olhos, o número cinco estava confuso, preso do lado de dentro da sala. Tudo continuava como antes, mas, quando ele tentava andar, ia de encontro a paredes totalmente pretas. Um pequeno armário.

Quando ele viu as grades, as sacudiu freneticamente.

— Para que isso?

— Prevenção — disse.

— Solte-me! Você não pode me prender para sempre.

— Claro que não posso, um dia você vai morrer — falei e sorri, me sentindo esquisita. — Cinco, sinceramente não sei o que vou fazer com você.

— Minha chave! — Ele esticou os braços e tentou me agarrar. Eu me afastei rapidamente. — Eu vou matá-la.

Medo.

— Não ouse me ameaçar — a sala em que ele estava diminuiu, as paredes encostaram em seus ombros e ele esbugalhou os olhos, percebendo o que eu poderia fazer. — Você não é mais forte! Você é um egoísta!

Ele foi forçado a ficar de lado para não ser esmagado.

— Quatro, pare! — berrou meu conselheiro e eu obedeci.

O número cinco parecia o queijo dentro do sanduíche. Arfava apavorado por ter acabado de conhecer a morte.

— Você está com fome? — perguntei-lhe casualmente como se nada tivesse ocorrido.

Ele assentiu e uma gota de suor escorreu pelo seu rosto apavorado.

— Ótimo — disse, fechando a porta com força na sua cara. Berrei de raiva e comecei a chorar.

Meu amigo me abraçou e consolou... Entramos na sala em que estava a Couve, o "Mundo Gato", como eu chamava. Lá, havia milhões de túneis, casas, cordas, potes de comida... Era o paraíso para ela.

Assim que a bichana me viu, largou seu rato de brinquedo e veio correndo se esfregar em mim. Peguei-a e acariciei-lhe o rosto. A felina ronronava.

— Eu tenho que ir — disse o 9,01, beijando minha mão. — Sei ir sozinho, mas antes deixe eu levar o cinco de volta para o mundo ímpar, será um peso muito grande para você tê-lo aqui.

Concordei com a cabeça, sabia que era verdade.

Nós algemamos os pulsos e os tornozelos do prisioneiro, tendo uma corrente que ligava os pulsos aos tornozelos, não permitindo que ele levantasse os braços. Enfiamos uma toalha em sua boca e eu coloquei fita adesiva para garantir. Não poderia correr, bater, gritar... *Eu acho que é suficiente!* Meu conselheiro negou ajuda para levá-lo à biblioteca, dizendo que não daria tempo de eu ir e voltar.

— São 22 horas e terá tempo suficiente — não se tocou mais no assunto.

O cinco se comportou até chegarmos à biblioteca e eu até já tinha esquecido que precisava prestar a atenção em todos os seus movimentos. Quando o 9,01 arrombou a porta da biblioteca, o número cinco me empurrou. Seu objetivo era me derrubar escada abaixo e ele conseguiu, porém não fui sozinha, pois tive tempo de segurar as suas correntes. Rolamos juntos um enorme lance de escadas e eu me levantei o mais rápido possível, tentando ignorar a dor. Ele estava se revirando no chão, tentando gritar.

— Quatro? — chamou o meu conselheiro em voz baixa.

— Estou bem! — respondi, mexendo o joelho. Olhei para o cinco caído e ele me dirigiu um olhar suplicante, quase senti pena. Dei-lhe um forte chute na cabeça e ele desmaiou. — Venha me ajudar a pegá-lo!

Nós o arrastamos até a entrada da biblioteca quando meu amigo olhou para o relógio alarmado.

— Já são 22h20! Corra para casa ou passe a noite na biblioteca!

Concordei com a cabeça antes de sair correndo o mais rápido possível. Corri de raiva, corri de medo, corri de saudades... Ninguém me compreendia, mas eu tinha que compreender a índole destrutiva de todo mundo. Por que eu tinha que aceitar a opinião alheia se ninguém aceitava a minha? Por que tinha que ajudá-los se eles não me ajudavam? Não era justo, isso não era certo. Imaginei-me entrando na base militar e falando "Lamento, mas eu desisto. Se matem e eu vou embora", e em seguida entrando na floresta para todo o sempre.

Então percebi que estava caminhando muito devagar. Parei ao ouvir um som muito esquisito em uma encruzilhada, parecia uma trovoada. Logo à frente estava minha casa, bastava correr dois ou três metros para alcançá-la.

— 22h30 — sussurrei.

O som foi se aproximando. Então eu vi... Da minha rua vinha uma enorme onda, à direita o chão caía para o centro da Terra, à esquerda, um tornado, e atrás de mim senti o calor do fogo. Cada vez mais perto...

Adeus. Fechei os olhos. Vai ser rápido. Fiquei com medo, mas não mudei de ideia, de qualquer forma, logo seria tarde demais para isso. Eu já estava feliz e satisfeita com minha decisão, até um tanto curiosa para o que viria a seguir. *Outra vida?* Então algo estragou meus planos.

Meu peito queimou e eu não soube o que fazer, era a chave que havia esquentado. Ela começou a flutuar e a se afastar de mim, a corrente arrebentou, apesar dos meus esforços. Caí sentada. Ela flutuou a um metro acima da minha cabeça e então um véu branco, muito delicado e sutil, me envolveu.

Capítulo 7

Eu estava naquele labirinto novamente. O labirinto dos meus pesadelos. O labirinto da cobra. Porém, tudo estava calmo, o vento soprava, quente. *Tão real...*

As paredes do labirinto eram de barro e havia desenhos e escrituras por toda parte. Não sentia medo, o clima árido podia me garantir estar no deserto.

— Sssophie — disse uma voz feminina.

Ao me virar, me deparei com uma mulher morena, alta, de cabelos muito compridos, um nariz pontudo, seus olhos eram um pouco puxados e amarelos. Com fendas...

Estremeci. Ela me rondou, encostou no meu braço. Aquilo estava sendo real demais.

— Quem é você?

Ela parou ao meu lado, fingindo pensar.

— Deixe-me pensssar. Olhosss amarelosss — sua língua era bifurcada —, clima árido, labirinto... Não a lembra alguma coisssa?

Ela não piscava, acho que não tinha pálpebras.

— Você é a cobra, isso qualquer idiota sabe, o que eu quero saber é quem você realmente é.

— Sssophie, Sssophie... — Ela riu de leve. — Finalmente aflorou ssseu lado raivossso, penssei que ia levar maisss de uma eternidade.

Engoli em seco.

— Eu sssou a chave. A sssoluçççāo de todosss.

— O que você quer dizer com isso?

— Sssophie, eu sssou a chave para o sssegundo mundo!

— Você é uma multiplicação?

— Não ssseja burra! — Ela sorriu. — Eu falei em multiplicaçççāo em algum momento? Acho que não. Você nem sabe para que serve uma multiplicaçççāo.

— Por que estou aqui?

— Porque eu fizzz a caridade de sssalvar sssua vida. — Ela jogou o cabelo para trás. Vestia um macacão de linho verde, era tão magra que seus ossos do peito saltavam. — De nada.

— Você não tem o direito de se intrometer nas minhas escolhas!

— Claro que tenho! Quando issso me afeta... Não ssseja egoíssst a, Sssophie, me deixe sssair antesss!

— Nunca! — berrei.

— Você nem pensssou no ssseu "amigo", o 9,01.

— O que tem ele?

— Ssse um morre, o outro também.

Senti um branco. Havia me esquecido totalmente desse pequeno detalhe. Quase cometi o ato mais egoísta da minha existência.

— Havia ssse esssquecido? Tudo bem, agora não tem importâncccia. Só me façççа um favor, deixe o dessstino ssseguir ssseu curssso, já essstá decidido que você abrirá a porta, então o façççа! — Ela colocou a chave bruscamente na minha mão e a fechou sobre o objeto que ainda estava bastante quente.

— Você é má! Por que eu iria abrir? Como isso me beneficiaria?

— No final, irá percccebe r que, além de não ter opçççāo, irá salvar todosss... — Ela riu e então o cenário começou a ficar ondulado. Eu caí de joelhos, tentando resistir àquela sensação, como se derretesse.

A esbelta mulher se ajoelhou ao meu lado e sussurrou: — E por que eu seria má?

***

Acordei com o corpo todo fervendo, eu estava muito quente. Quando consegui me situar, percebi que havia adormecido no corredor. Não, não adormeci aqui. Fiquei em pé espantada.

Minha mão direita estava fechada e, ao tentar abri-la, senti uma dor excruciante. Toda a pele da palma descolou com o calor e a chave estava grudada na minha carne. Não consegui prender um grito de dor quando a puxei lentamente até que ela caísse no chão. O objeto levara maior parte da minha pele consigo.

— Santo Pitágoras! — sussurrei, sangrando e chorando. Escorei-me na parede para sofrer por algum tempo.

— Sssophie — a porta estava à minha frente e unhas rasparam do outro lado.

Pulei de susto e saí correndo depois de ter recolhido a chave do chão usando a outra mão.

A casa tremia, seu chão, suas paredes. Cheguei à sala que eu queria e abri sua porta. Com toda minha força, atirei a chave lá dentro. Então, pela primeira vez na vida, ocultei a sua existência. Ninguém, nunca, jamais, saberia que ela estava lá.

***

Abri a porta e me surpreendi com quem entrou. Era o 9,01 com a catorze.

— O que... — Antes de poder questionar, ela desmaiou e ele estava tão cansado que não resistiria por mais tempo. Ajudei-o a levar

Clara para a sala cheia de colchões e lá ele também desmaiou. Couve correu por entre minhas pernas, brincando com uma mosca.

***

Não sabia mais o que fazer. O cinco já não era mais problema meu, a catorze estava de volta, o 9,01, vivo, logicamente... Eu só queria deitar e dormir... Para sempre.

Tomei café da manhã com a Couve. Ela estava muito animada, parecia tão feliz. Não pude compreender seu estado de espírito. Após comer, resolvi fazer algo que evitava... Atirar com arco e flecha. Por algum motivo, aquilo fazia com que me sentisse mal, triste.

Sentada na sala de estar, eu admirava uma flecha. Lembrei-me da número dois falando das flechas que reapareciam. "Elas reaparecem assim que terminam?", questionei. "Tem um ritual bastante especial", respondeu ela irritada. A flecha era gelada, de metal flexível. "Você deveria ter apenas quatro flechas, porém tem seis", a voz dela ecoava na minha cabeça. "Não tem mais nenhum da água com você?" "O número seis, mas ele morreu afogado". Encostei a ponta da flecha nos lábios e fechei os olhos, sentindo dor e medo.

Água, eu via muita água. Era uma cachoeira subterrânea. Alguém tentava me bater contra a parede e, então, com um punhal, perfurei suas costas diversas vezes. O corpo não se moveu mais. Mais água, mais água. Depois de muito tempo, luz. Então, acordo na floresta.

Abri os olhos e senti gosto de sangue. A flecha havia cortado meu lábio inferior, deixei-a cair. Estava em choque, pasma. Eu havia matado o número seis e por isso tinha seis flechas.

Capítulo 8

Levei comida para os hóspedes na sala dos colchões. Ambos comeram ferozes e eu observava a catorze, que terminou seu bolo de chocolate e me olhou.

— Graças a Pitágoras, você está bem! — Ela era sincera. — Eu... Eu lhe devo desculpas...

— Por que você tentou me entregar? — Estava chateada.

— Tenho muito a lhe falar... Sim, eu sou conselheira da número sete, mas nunca exerci verdadeiramente. Hipotenusa me falou da minha tarefa e eu queria cumpri-la, mas, quando vi a sete pela primeira vez, ela quase me matou ao contar-lhe que era par. A mulher é firme no que acredita e ela acredita que os pares são inimigos. Tentei conversar com ela três vezes, nunca deu certo. Então fui ao encontro da Hipotenusa para devolver-lhe a chave, mas ela não me atendeu. Sendo assim, escondi a chave de mim mesma e, ao me arrepender, não consegui encontrá-la novamente. "A ansiedade que se sente quando é necessário buscar seu "afilhado"... — Já passei diversas noites adormecida na biblioteca rezando para aquela sensação ir embora, era como se arrancassem meu coração. — Sua voz falhou. — Insuportável. — Ela levou a mão ao peito e senti piedade.

— Quanto tempo isso durou?

Seu olhar foi de medo.

— Dois anos. Eu não saí de casa por dois anos a não ser para ir à biblioteca.

— Mas então você está aqui há três anos! Pensei que tivesse chegado há apenas um ano. Mentiu toda sua vida para mim, não sei *nada* sobre minha melhor amiga!

Escorreram lágrimas que foram descendo até seus lábios.

— Sophie, você me conhece melhor que eu mesma. Eu não sou as mentiras, não sou as palavras malditas! Sou os bons sentimentos, eu sou a essência e isso, minha amiga, você vê muito bem em todos.

— O que mais? — perguntei, me referindo à sua história de vida.

— Quando nos conhecemos, tudo mudou. A ansiedade melhorava todos os dias até que desapareceu e eu tive um breve tempo de felicidade. Quando se formou esse maldito exército... — seu tom era de ódio —, eu não me sentia tão mal quanto antes de conhecê-la, Sophie, mas eu queria, precisava ver a número sete. Por isso fui atrás de informações, só que existe esse sigilo que os conselheiros não podem quebrar, mesmo se quiserem. E eu nunca conseguia me lembrar do que sempre soube, por isso ficava tão aflita. Mas, assim que vi a chave do 9,01, soube que tinha encontrado aquilo de que precisava, apesar de não poder lembrar exatamente do que se tratava. Meu coração nunca se sentiu tão feliz.

O 9,01 esteve silencioso o tempo todo. Nunca o vira tão triste.

— Quando cheguei no quartel para salvar a catorze, a número sete estava me esperando. Fiquei assustado, ela podia ter me entregado; afinal, eu havia mentido. — Ele olhava para baixo. — Ela me chamou para conversarmos e foi tão amável, até que perguntou o motivo de ter mentido se já havíamos combinado tudo... — Ele cerrou os punhos, que tremiam.

— Querido — falei terna e aflita por tudo que acontecia.

— Então eu disse que trair você era pior que trair a mim mesmo.

Não posso fazer isso, nem mesmo se eu desejar... Ela disse que aprecia isso, que queria que sua conselheira fosse igual e então... — Sua voz ficou fininha. — Então ela me perdoou e disse que não precisávamos fazer nada contra você, mas que resgatar o zero era importantíssimo no caso de os negativos resolverem surgir ou se já estivessem por aí! Seria o fim de todos. Falei que o zero não estava aqui, que vocês pensam que está conosco, mas ela disse que era isso que queriam que pensássemos... Oh, deuses!

Esfreguei suas costas enquanto ele escondia os olhos nas mãos. Ele tremeu de raiva e Clara deu a mão para ele. Vi que ela estava sem o polegar da mão esquerda, que estava envolta em várias faixas. Arrepiei-me.

— Clara, cadê seu dedo? — perguntei espantada e ela riu triste.

— Provavelmente no meio da rua.

— Continuem contando — insisti.

— A número sete disse que o 9,01 não entendia, mas que, por amor a ele, deixaria-o escolher entre os pares e os ímpares.

Ele arfou e levantou o rosto.

— Não podia deixar a catorze lá! Não podia trair minha afilhada! — dizia ele, se referindo a mim. — E então fiz minha escolha, mas ela disse que a catorze ficava, foi quando pegou uma faca... — Ele olhou para sua mão direita, que estava sem a pele da palma. Eu me arrepiei, me lembrando do que ocorrera comigo.

— Eu estava presa na sala ao lado — continuou minha amiga —, mas estava a par de tudo. Vi pelo buraco da fechadura que ela faria uma bobagem com aquela faca na mão, e o 9,01 estava desarmado. Quebrei o prato da janta e, com o pedaço mais afiado, cortei meu dedão fora. A número sete não pôde segurar a faca e então fugimos.

— E por que seu dedo estaria no meio da rua se você o cortou na sala?

— Ah... Eu peguei meu dedo quando fugimos, mas o perdi no meio do caminho.

Ficamos em silêncio.

— E o número cinco? — perguntou Clara.

— Eu o deixei no meio da rua desmaiado e desnumerado — disse o 9,01, me entregando o colar dele.

— Vão pensar que é a número catorze se o encontrarem desnumerado.

— Isso mesmo. A número sete também não pode mais contar a verdade a respeito de tudo porque também será acusada de traição, então ainda buscam pelo número catorze no mundo ímpar. Então ela terá que prender o cinco como se fosse a catorze, pelo menos até verificarem nos registros a fotografia dele. Bom, nos dará tempo o suficiente.

— Bem pensado — elogiou Clara. — Espero que dê certo.

Todos nós suspiramos, e Couve pulou no meu colo. Ela estava tão feliz...

— Eu preciso ver a Hipotenusa — falei. — Vou levar o número três lá e também vou fazer a prova.

Eu sabia que bastava chamá-la para ela surgir, mas não queria que fosse assim tão fácil.

***

— Coma esta barra de chocolate enquanto realiza o teste — disse ao número três. — Vou tentar entrar com você.

Começamos os exercícios e logo me levantei para apertar na conta que eu encontrara como resultado. O número três já havia desaparecido do elevador. Quando a porta se abriu, sorri, sentindo paz, uma enorme paz que preenchia todo o meu ser. A Hipotenusa e os Catetos falavam com o novo número.

— Mas por que surgi aqui? Eu estava no mar com meu irmão, então eu estava caindo e terra... E estava quente e úmida! De onde isso surgiu? — ele suplicava por respostas.

— Você foi necessário — falei, repetindo a frase que tanto me disseram.

A Hipotenusa pegou minha mão e sorriu.

— Tem uma sábia amiga, a escute sempre que tiver algo a dizer e saiba que sua conselheira irá ajudá-lo muito. Ela é pequena por fora, mas enorme por dentro. A 6,94... — Ela sorriu satisfeita. — Está tudo nos seus conformes.

— Como? — espantei-me. — A catorze perdeu um dedo, o 9,01 quase morreu, o três apareceu do lado errado, todos querem a guerra e tem uma cobra na minha casa! E você diz que está tudo nos seus *conformes?*

— O que, para ti, pode ser veneno, para mim pode ser o antídoto. Número quatro, ainda não percebeu que você e seus amigos têm uma grande participação nisso tudo?

— Quem é aquela cobra?

— Ah... Pode ser tanto o veneno quanto o antídoto, isso depende de vocês, todos vocês.

— Hipotenusa! Pare de ser tão metafórica, eu tenho o direito de saber, ela está na minha casa e nunca vai sair de lá.

— Por que não?

— Porque ela escondeu a chave — falou o cinco, ele surgiu na porta com as roupas cheias de fuligem.

— Como...

— Quatro, avisei você que eu não desistiria e aqui estou. Hipotenusa, diga a ela.

— Cinco, tente se controlar! — O Cateto Oposto entregou-lhe um copo de água e o Adjacente puxou-o para sentar-se ao lado do número três.

— Eu estou calmo — disse ele e bebeu um gole da água que o fez desmaiar em cima do novo número, que o empurrou para o lado.

— Agora está calmo — falou a sábia. — Bem melhor, não acham? — Os catetos concordaram. — Ele anda muito escandaloso ultimamente.

— Como ele surgiu aqui? — perguntei.

— Mais e mais o processo está se invertendo, quatro. Antes era a separação, agora se trata da união. Logo, pares e ímpares estarão convivendo novamente, apenas porque o tempo são duas cordas que se entrelaçam assim... — Ela desenhou no ar e uma imagem surgiu. Tratava-se de duas linhas que faziam zigue-zague e se encontravam nos pontos que cruzavam para o outro lado. Fiquei a observá-la até se desfazer no ar.

— Haverá guerra! — falei subitamente.

— Querida, acorde! — Ela estalou os dedos na minha frente. — Você já viu alguma guerra aqui?

— Não, mas...

— Então! A guerra é pura ilusão, tudo isso de exército, base militar... Não existe! Volte lá e veja! O local se trata de um campo vazio cheio de cadeiras!

Senti vertigem.

— Meu pai está chegando e logo todos irão acordar! Bom, ao menos os que estão prontos. Então se apressem! Principalmente você, três!

— Como é possível que todos nós estejamos na mesma ilusão? — questionou o rapaz.

— Nunca ouviu falar em consciência coletiva? É quem permite.

— O que disse ao número cinco? — perguntei.

— Disse a ele para seguir fielmente seus instintos, que eles o levariam à solução.

— Então ele está correto em relação à chave?

— O que seus instintos dizem?

— Que ela não pode ficar presa lá para sempre... Mas ao mesmo tempo tenho medo.

— Siga seus instintos.

***

— Eu não queria que fosse assim! Por que estou aqui e como faço para voltar? E o que ela quis dizer com acordar?

Estávamos no meio da rua, indo para minha casa. Ele me cutucou o braço e eu olhei-o, surpresa.

— Você tem as respostas?

Paramos e eu pedi para ele se sentar no meio-fio.

— Não temos tempo, então vou ter que lhe contar toda a verdade de uma vez só. Será como um banho de água fria em pleno inverno.

Ele assentiu.

— Você está morto... — Contei-lhe absolutamente tudo e choramos juntos por feridas profundas em nossos corações.

Capítulo 9

— Que porta? — perguntou o número três, olhando para a parede. Fiz um movimento com a mão e uma porta surgiu. Ele me olhou inseguro e logo a abriu. Vento forte e lá dentro uma estrada de madeira em pleno oceano. Entreolhamo-nos e seguimos em frente. A porta se fechou assim que passamos para o outro lado.

— Você não controla este lugar?

— Sim, mas tenho medo de tentar diminuir essa sala e acabar fazendo a chave desaparecer para todo o sempre...

— Entendo.

Andamos até o fim do "chão" e lá encontramos duas varas de pescar e um balde cheio de iscas. Sentamo-nos e lançamos os anzóis.

***

Fazia três horas que estávamos lá e o sol era muito forte. Ele já me contara grande parte de sua vida e me disse que seu nome era Felipe.

— Nunca esqueça seu nome — disse-lhe. — É muito importante sempre lembrar-se dele.

— Você me parece triste.

— Cansada. Quero acabar com isso logo. Para ir para o próximo mundo...

Ele segurou minha mão.

— Quero ficar com você porque faz com que eu me sinta direcionado. Você é minha bússola. Não vamos nos separar nunca mais, está bem? — Seu pedido me pareceu um tanto infantil, mas muito doce e sincero.

— Por que eu sinto que nos conhecemos?

A vara dele fez pressão para baixo, algo havia mordido a isca.

— Puxe! — berrei, e assim ele o fez.

Ficamos em pé, era muito forte. Ajudei-o a puxar a vara, e ele tentava recolher o anzol. Então um pequeno peixe, do tamanho do meu mindinho, surgiu. Entreolhamo-nos e colocamos o pequeno ser dentro do balde de iscas.

— Como é possível? Pesou uma tonelada!

Tirei o gancho que estava preso na sua boquinha e assistimos à sua morte, que levou algum tempo. Então o Felipe o abriu com a ponta do gancho por falta de uma faca. No seu intestino, encontramos uma chave, e meu coração bateu forte.

— Es... — Quando ia falar, um peixe puxou meu anzol e mais uma vez puxamos. Passando pelo mesmo processo, mais uma vez abrimos o peixe para encontrarmos a mesma chave ali dentro. — Essas chaves não abrem porta alguma, são falsas.

***

Eu estava em pé na frente da casa da minha prima. Olhei para a rua e um filhote de sua gata havia escapado.

— Carol, um filhote fugiu! Vou pegá-lo.

— Está bem! Já estou terminando de fazer a pipoca doce — cantarolou ela feliz.

Abri a porta da frente. A cidade era pequena e sua economia era baseada na exportação de arroz para os países que faziam fronteira, ou seja, havia muitos caminhões por lá. Algumas semanas atrás, um caminhão havia caído no arroio, pois o motorista usara medicamentos com álcool para emagrecer. A embriaguez o fizera perder o controle do veículo e ele só acordou no dia seguinte, internado no pronto-socorro.

— Bebê, venha aqui! — chamei o filhote que miou.

Fui até o meio da rua e peguei-o pelo cangote. Limpei suas patinhas cheias de areia e voltei para dentro.

Comemos pipoca doce e depois meditamos no pátio de sua casa. Era um dia normal e eu estava cansada.

— Eu a levo embora — sugeriu minha prima, pegando um pequeno felino no colo. — Esta será sua, foi a que escapou mais cedo.

Sorri, me sentia feliz.

Acariciava minha nova companheira enquanto andávamos para a casa da minha tia, pois eu não morava na cidade.

— O que quer ser quando sair do colégio? — perguntou-me ela.

— Gostaria de me especializar em algo que me dê um posto no exército, mas para algo bom, gostaria de fazer missões de paz.

— Nobre. Eu quero ser antropóloga, talvez consiga conhecer melhor a mim mesma.

Sorri e a abracei. Passávamos pela saída da cidade onde havia vários pequenos lagos em volta da estrada em que caminhávamos.

— Eu a amo muito — disse a ela, que deu um sorriso.

Ouvi uma buzina e um estrondo. A gata, assustada, prendeu as unhas na minha blusa e, quando olhei para trás, a carga de um caminhão deslizava em nossa direção, não haveria tempo de respirar novamente antes de nos atingir. Olhei para a minha prima e vi o medo. Aquele momento passou em câmera lenta. Eu ouvia o som da carga raspando o chão... O som do meu coração.

Com toda minha força, empurrei a Carol, que caiu no lago ao nosso lado, e não houve tempo para mais nada.

***

Estava me afogando, não sabia onde era, em cima ou embaixo, então bati a cabeça. Fiquei semiconsciente, sentindo o sangue sair da minha nuca. Alguém me pegou pelo braço e eu vi o céu azul. O número três me levou para o cais, onde pescávamos, e eu vomitei toda a água que havia engolido, sentindo frio e dor. Ele me enroscou em seu casaco e me encostou ao seu peito quente. Tremia assustada com o que acontecera.

— O que houve? — consegui perguntar trinta minutos depois.

— Você caiu porque um peixe puxou sua vara. Dormia tão profundamente que nem percebeu.

Saltei de seu colo, me sentindo tonta, mas ignorando qualquer tipo de dor.

— Cadê a vara?

— Caiu no mar também! — Ele se levantou. — Será?

— Com certeza! — Arfei. Virei-me para olhar o outro lado do mar e caí desorientada. Minha cabeça latejou e o corte ardeu. Além disso, minha mão direita doía horrores, e o sal do mar não ajudava em nada. O Sol ainda a pico me fez perceber que o tempo não passava.

— Sua cabeça está sangrando — ele tirou a camisa e as calças. — Eu vou pegar a vara e o peixe. Não acha melhor voltar para sua casa? — Ele tentou abrir a porta e me olhou assustado. — Está trancada!

— Só quando acharmos o peixe... — disse tonta, e ele colocou sua blusa na minha ferida.

— Faça pressão.

Assim fiz e tentei não me deitar, porque sabia que acabaria dormindo se fizesse isso... Não queria nem pensar no que poderia ocorrer. Meus olhos se fechavam e abriam lentamente, não deitar era a pior tentação do mundo. Amarrei a camisa na cabeça e olhei para as nuvens. Elas começaram a ficar negras e taparam o Sol. Por um milésimo de segundo fiquei feliz por ter um pouco de sombra, mas logo começou a ventar e chover, cada vez mais forte. Uma onda me atingiu e eu fui arrastada para o outro lado do cais. Tentei me segurar na porta, mas ela simplesmente não existia mais.

Outra onda veio e me segurei com o resto das minhas forças na madeira, até que outra onda me levou, lentamente, cada vez mais para o fundo do mar. Não tinha mais forças para lutar contra o que quer que fosse, mas prendia a respiração com ímpeto, não desistiria tão facilmente.

Quando vi um ponto de luz brilhando, me senti sugada por ele e tentei nadar de qualquer jeito até que pude encostá-lo. Então fui caindo e caindo...

***

Acordei toda molhada no corredor da casa. O número três estava acordado e, assim que se recuperou, me levou para a cozinha, onde encontrou meu kit de primeiros socorros. Adormeci.

***

— Então, Sssophie! — disse a cobra no meu ouvido.

Abri os olhos pesados, estava caída no chão do labirinto de barriga para baixo.

— Maisss uma tentativa de sssuicídio fracasssada.

— Não foi uma tentativa de suicídio! Fui ferida, mas lutei até o final — disse irritada.

— Não ssse irrite — disse ela, rindo. — Você acordará sem qualquer ferimento, basssta me deixar colocar o antídoto no ssseu sssangue.

Ela abriu a boca e enormes presas saíram de sua gengiva.

— Nem pense em chegar perto de mim com essas coisas! — disse sem conseguir me mover.

Ela fechou a boca e sibilou.

— Você quem sabe. Vai me libertar e ainda acha que sssou má? Não confia em ssseusss inssstintosss?

— Não confio em você! Saia de perto de mim, sua cobra!

— Hum... Vai libertar um ssser em quem não confia? Ssse for asssim, eu não sssaio. — Ela cruzou os braços, estava sentada ao meu lado.

— Não seja boba! Você sairá, sim, só pensa em si mesma. Além do mais, não precisa de mim, a chave já está nas mãos do número três.

— Eu estou pressstesss a sssalvá-la pela ssegunda vez e ainda me diz algo assim? Além do maisss, você é a única que pode abrir a porta.

— Viu! Só me ajuda porque depende de mim.

— Mentira! Eu a sssalvo porque a amo. Você veio cuidando de mim todo essse tempo! Me dando carinho, comida, amor.

— Do que está falando?

— Nosss conhecemos no meio da rua... — Ela riu, se lembrando. — Duasss vezesss! Mas não tivemosss muita sssorte da primeira vez.

— Pare! — disse, perdendo mais forças. — Quem é você?

Comecei a ofegar e sentir dor no peito.

— Sssophie, não há mais tempo! Confie em mim e eu ssserei ssseu antídoto!

— Quem é você? — insisti, trêmula.

— Sssou a Couve! Sssou a gata! Posssso pôr o antídoto agora?

Balancei a cabeça, pensando: *mas você é uma cobra!*

***

Acordei assustada. Estava cheia de rolos na cabeça com o Felipe adormecido ao meu lado. Como eu o amava...

Tirei todos os curativos e não encontrei qualquer sinal de ferida, estava curada. Balancei o número três delicadamente e ele me abraçou assim que me viu, beijando meu rosto.

— Você me assustou! Estava pálida e roxa, tentei aquecê-la, mas nada parecia funcionar, e havia tanto sangue. Como você conseguiu... O que houve?

Contei-lhe tudo desde o momento em que lembrei de minha morte e ele ouviu tudo atentamente sem dizer nada. Depois fomos comer alguma coisa e não consegui encontrar a Couve em lugar algum.

— Que estranho, são 10 horas e a Clara ainda não apareceu — comentei.

— Deve estar dormindo.

— É... Será?

Passaram-se duas horas e almoçamos, mas a Clara ainda não tinha aparecido.

— Vamos atrás dela — disse, e assim fizemos.

Sua casa estava vazia, estava tudo vazio. Não havia ninguém nas ruas, ninguém nos bares e restaurantes... Olhando pela janela de uma casa, vi o morador assistindo à TV e chamei-o, mas parecia estar surdo. Por um momento olhou para os lados, mas nunca para a janela e, por mais que berrasse, ele nada ouvia. Estava distraído vendo o jogo de futebol, a novela ou desenhos animados...

— O que está acontecendo? — perguntou Felipe frustrado.

— Esses números são muito novos, ainda não acordaram — respondi. — Nem devem saber que há uma suposta guerra... — *Tudo faz sentido agora*. Lembrei-me do número oito dizendo que havia ouvido boatos de uma guerra. — Meu Deus...

Finalmente fomos à base militar, onde estavam todos. Inclusive o 9,01 usando a corrente do número seis. Arrepiei-me.

— O que está acontecendo? — questionei.

— A guerra começou! Onde vocês estiveram esse mês inteiro? — Meu conselheiro estava muito estressado.

— Esse mês? — perguntei baixinho e olhei para o Felipe, que também não entendeu. — Felipe, vá procurar a número catorze e nos encontre na frente da base, não temos tempo.

Ele concordou.

— Vocês sumiram por vinte e cinco dias! — respondeu o 9,01, me olhando triste.

— De forma alguma! — Fomos andando para o lado de fora. — No máximo algumas horas... Mas isso não é importante, temos a chave! Temos que abrir a porta...

— Número quatro! — Disse a 16,03. — Onde você esteve o mês inteiro? — ela bufava.

— Não fale assim...

— Cale a boca, pirralha! — Ela quase sorriu. — Você perdeu seu posto, agora sou eu quem manda, sou marechal! — Seu orgulho quase a fez brilhar.

— Cadê o número oito? — perguntei, pensando que ela podia tê-lo matado, e o 9,01 já tinha saído sorrateiramente de cena.

— Mudou de lado — falou rapidamente.

— O que posso fazer para ajudar neste momento? — perguntei, querendo me livrar dela.

— Vamos começar prendendo você e o número três, que tal?

— Encontramos a base ímpar! — berrou uma voz bastante conhecida. Todos correram para a minha ex-ala, busca e reconhecimento.

— Não é possível — disse a 16,03, olhando os que corriam e, quando me dirigiu o olhar novamente, viu-me correndo. Ela se apressou para me alcançar, mas não conseguiu me identificar entre tantas pessoas que corriam na direção oposta, então logo correu para matar sua curiosidade.

No local combinado, nos encontramos e fomos para a minha casa.

— Encontraram mesmo a base ímpar? — perguntei por curiosidade.

— Claro que não! — Clara riu e eu sorri, me sentindo mais feliz pela primeira vez. — Mas minha estratégia foi eficiente.

Capítulo 10

Estávamos olhando para a porta.

— Alcance-me a chave — falei, e o número três colocou-a na minha mão.

Ouvi a Couve miar do outro lado da porta e senti vontade de urinar. *Como?* Ela esteve fora o tempo inteiro. Posicionei a chave na fechadura e todos nos entreolhamos.

— Preparados?

Eles confirmaram.

Girei duas vezes o objeto e ouviu-se um clique. O ser do outro lado abaixou o trinco e a porta se abriu lentamente. Um ar quente invadiu o corredor junto com muita poeira. Tossimos e, quando conseguimos olhar para a porta... Lá estava ela.

***

— Finalmente — ela falou, fechando a porta. — Levem-me para a base militar, depressa!

Andamos em silêncio, ninguém se sentia confortável para dizer qualquer coisa. Eu brincava com o fio do meu arco, que carregava comigo. Quando finalmente criei coragem o suficiente, perguntei.

— Como você pode ser a Couve se ela esteve do lado de fora o tempo inteiro?

— A Couve nunca existiu. Ela era uma projeção minha para eu poder ter contato com você.

— Então tudo isso foi pré-preparado? Refiro-me à minha morte.

— Bom, eu não sei nada sobre essa parte, só sei que, de um jeito ou de outro, viríamos juntas para cá. Morrer foi uma forma eficaz, apesar de traumatizante.

Chegamos à base militar e entramos. Ninguém pareceu tomar conhecimento da nossa entrada, devíamos estar invisíveis.

— Número quatro! — Ouvi a 16,03 me chamar e meu coração bateu forte.

— Ah! Era você quem eu procurava — disse a Couve, mas a marechal não pareceu tê-la visto.

Quando ela se aproximou de mim, a linda mulher pegou sua mão e a minha, então tudo brilhou, virando pura luz, e se espalhou pela cidade inteira. Descemos, pois flutuávamos a dois metros de altura. A Couve sumira, mas a marechal e eu caímos em um campo vazio.

— Onde estamos? — perguntou a 16,03 com a voz trêmula. — De onde surgiu aquela mulher?

Olhei em volta, ignorando a irritante mulher. Havia cadeiras onde os números estavam sentados e agiam naturalmente. Alguns digitavam no nada, outros liam o nada... Não havia *nada*, até mesmo o resto da cidade desaparecera. Só quem estava na base militar àquele momento aparecera no campo conosco.

— 6,94! — disse Felipe, reencontrando sua conselheira que vira uma vez na vida antes de irmos pescar. — Conseguimos!

— Sim! — Ela devia ter doze anos. — Vou buscar minhas amigas.

Clara me ajudou a levantar e eu recolhi o meu arco e flecha caído no chão. Aos poucos, as pessoas foram percebendo onde estavam e se levantaram para perguntarem, frenéticas, o que estava acontecendo.

— Campo bonito, não? — disse Clara casualmente.

Eu ri satisfeita.

— Lindo... — afirmei. — Nem consigo acreditar que tudo acabou...

No topo de uma colina, um vulto delgado e alto surgiu. Logo ao seu lado, uma mulher que lhe deu a mão. E lá estava ele... Pitágoras e sua esposa estavam de volta!

Não disse nada, mas ele logo olhou-me e sorriu. Seus cabelos eram longos, e ele era muito forte, a íris de seus olhos na cor vermelha. Ele devia ter dois metros de altura e usava bigode. Sua esposa vestia um longo vestido branco, seus olhos azuis-claros e seus cabelos dourados com a pele bem clara. Devia ter a metade da altura de seu marido, que também vestia branco.

— Olá! — Eu não sei quando foi que ele veio em minha direção, mas de repente me abraçava carinhosamente e eu correspondia ao seu amor de pai. Logo sua esposa também me abraçou e lágrimas escorreram pelo meu rosto. — Que saudades de você, minha filha! Como se sente?

— Filha? Você não é Pitágoras?

— Evidentemente — ele sorriu.

— Não entendo. E onde está a Couve?

— Ela passou para o próximo mundo, está esperando todos nós.

— E o que aconteceu? Onde estamos?

— Estamos no zero — disse a adorável mulher com a voz suave.

— O zero é um lugar?

— Parece-me um lugar — disse o homem sorrindo e olhando em volta.

— E como viemos para cá?

— Vocês todos acordaram e perceberam o que é real e o que não é, apenas isso. É sempre o mesmo processo.

— Exatamente. Criaram uma base militar, treinaram e, no final, chegaram no zero... E você esteve em todas as reuniões militares anteriores à base que você conhece. Trabalhava na área de enfermagem — disse ela, e eu pisquei atônita.

— Impossível! Eu lembraria...

Ele estalou os dedos e um caderno caiu aberto em suas mãos. Ele me entregou e eu vi minha assinatura com a data de cinco anos atrás.

— Não pode ser verdade! Santo Pitágoras!

O homem sorriu, devia ter entre trinta e quarenta anos, não dava para saber ao certo.

— Nós vivemos no mundo em que queremos, querida. Você estava no mundo mental com suas lembranças e lamentações.

— Por tanto tempo?

— Foi o necessário — disse Ângulo, ela me deu a mão e senti um afeto muito profundo por ela. — Vamos, vou levar vocês todos ao segundo mundo $^1/_2$.

— É esse o nome? — perguntou Pitágoras surpreso. — Esperava algo mais emocionante!

— Não seja estraga prazeres — disse ela risonha. — Amo você do mais profundo do meu ser, querido, nos vemos assim que for me buscar.

Ele se curvou a ela e lhe deu um beijo muito suave e delicado nos lábios.

— Também a amo — ele me olhou e beijou minha mão. — E a você, meu amor, é de sabor caramelo.

Eu sorri. Costumava brincar assim com meus irmãos.

— E meu amor por você é de sabor cereja — respondi com lágrimas de emoção. — Nós vamos nos ver de novo, não é?

— Somos parte um do outro, querida, estamos sempre juntos.

— Mas ainda tenho tantas perguntas! O que é uma multiplicação? Para onde foram os números que morreram?

— Todas suas perguntas serão respondidas, mas não agora. Devem partir.

Relutante, deixei a moça guiar todos nós para o próximo mundo.